L'arrêt de mort

布朗肖作品集
MAURICE BLANCHOT

死刑判决

L'arrêt de mort

（法）莫里斯·布朗肖 著
汪海 译

南京大学出版社

图书在版编目(CIP)数据

死刑判决/(法)布朗肖(Blanchot, M.)著;汪海译.—南京:
南京大学出版社,2014.10(2023.12 重印)
(布朗肖作品集)
ISBN 978-7-305-14079-2

Ⅰ.①死… Ⅱ.①布… ②汪… Ⅲ.①长篇小说-法
国-现代 Ⅳ.①I565.45

中国版本图书馆 CIP 数据核字(2014)第 233670 号

L'arrêt de mort
de Maurice Blanchot
Copyright © Editions GALLIMARD, Paris, 1948
Simplified Chinese translation rights © 2014 NJUP
Through Garance Sun Agent Littéraire
All rights reserved

江苏省版权局著作权合同登记 图字:10-2011-127 号

出版发行	南京大学出版社
社　　址	南京市汉口路 22 号　　邮　编 210093
丛 书 名	布朗肖作品集
书　　名	**死刑判决**
作　　者	(法)莫里斯·布朗肖
译　　者	汪　海
责任编辑	沈卫娟
特约编辑	唐洋洋
照　　排	南京紫藤制版印务中心
印　　刷	南京爱德印刷有限公司
开　　本	850×1168　1/32　印张 4.125　字数 56 千
版　　次	2014 年 10 月第 1 版　2023 年 12 月第 5 次印刷
ISBN 978-7-305-14079-2	
定　　价	35.00 元

网　　址:http://www.njupco.com
官方微博:http://weibo.com/njupco
官方微信:njupress
销售咨询:(025)83594756

* 版权所有,侵权必究
* 凡购买南大版图书,如有印装质量问题,请与所购
　图书销售部门联系调换

爱如死之坚强（译者序）

《死刑判决》这部小说——或者更专业地说——叙事（récit），是一个福音。不论是对莫里斯·布朗肖的爱好者，还是对那些尚未听说过布朗肖的普通读者来说，它都是一部充满惊喜的作品。

布朗肖是出了名地晦涩难懂，然而这部可以被笼统地贴上后现代主义标签的作品，却很可能是布朗肖十余部小说与叙事作品中最容易进入的一部。它有可辨的情节线索，有主要人物，甚至非常奢侈地，还有具体的历史背景与地理环境：二战开始前后，法国巴黎。更诱人的是，它有一个自传体框架，包含着一个爱情故事、悬疑故事、神秘故事，或许也可以说是一个带有哥特气息的恐怖故事。如果认真起来,你还能从中读出政治寓言和圣经叙事的痕迹。那些喜欢接受挑战的读者也不会失望,因为这篇叙事仍然具有很强的先锋性。作为布朗肖的第一部"récit"作品,它开启了布朗肖对这一独特文学体裁的实验,继续着他对于"纯小说"梦想的探索。事实上,在布朗肖的所有小说与叙事作品中,《死刑判决》或许是迄今吸引到最多评论与研究的一部[①],足见作品的魅力和它在布朗肖文学创作中的重要地位。

不过,在继续我们的解读之前,先要回答一个"简单"的问题——

谁是布朗肖?

布朗肖是以一种非常布朗肖的方式进入到中国大陆知识界视野的:在消失中显现,在显现中消失。

2003 年 2 月 20 日,法国作家、批评家、哲学家莫里斯·布朗肖(Maurice Blanchot)以 95 岁高龄逝世于法国北

[①] Leslie Hill, *Blanchot: Extreme Contemporary*, London & New York: Routledge, 1997, p.144.

部伊夫林省一个叫梅斯尼尔·圣德尼的小镇,"他把一生都献给了文学,还有文学独有的沉默"①。同年9月,国内学术期刊《国外文学》以讣告的形式刊登了或许是大陆第一篇介绍布朗肖的文字,恰当地称之为"一位孤独的隐士"和"20世纪最高深莫测的作家"。② 而在此之前,除一篇对加缪小说《堕落》的评论外③,再没有任何一部布朗肖的作品被翻译成汉语在大陆出版。直到2003年11月,也就是布朗肖逝世九个月后,大陆才正式出版了他作品的第一个汉语译本,即《文学空间》。④

晦暗的布朗肖,无名的布朗肖,Blanchot l'Obscur。美国著名的文学理论、评论期刊《立场之下》(*SubStance*)1976年以专刊介绍布朗肖时,用了一个大大的汉字"白"(黑底白字)作为配图。布朗肖的法语原名是"Blanchot",而法语中白色是"blanche",一语双关,以示布朗肖呈现给

---

① 参见 Maurice Blanchot, *Le Livre à venir*, Paris: Gallimard, 1959。
② 何卫:《法国作家莫里斯·布朗肖逝世》,《国外文学》,2003年第3期,第124—125页。
③ (法)莫里斯·布朗肖:《倨傲的忏悔》,李建新译,《法国研究》,1987年第3期,第39—42页。
④ (法)莫里斯·布朗肖:《文学空间》,顾嘉琛译,商务印书馆2003年版。

世人的无形与空白。

避开公众目光的注视,从自己的文字中抹除自己,是布朗肖的选择。他一生都在身体力行他的文学主张——无名性(anonymat)。他认为,文学最重要的是文学作品,而不是写作者。所有人包括写作者本人都应该尊重文学作品的独立性。依赖社会历史背景、作家的生平和心理活动来理解作品,是把文学作品当成了一种附庸,是对文学作品的背叛。实际上,当我们对作品产生的环境和历史一无所知,甚至对写作者本人都知之甚少时,作品才最接近于它本身。最有力的例子莫过于荷马和莎士比亚,我们对这两位作家的生平了解极少,很多人甚至怀疑他们的历史真实性,然而或许正是因此,我们才能领略荷马史诗与莎士比亚戏剧的伟大。

文学作品的确是从写作者的笔下产生,但写作者只是一个中介,不是创造者。实际上,是文学作品创造了作者,作者只是作品的一种功能,一个附属品。每个体验过写作焦虑的人都知道,只有在作品完成之际,他才确实地知道自己有没有成为一个作者。可就在同一刻,他也因此变得无所事事,失去了存在的基础。布朗肖将写作的人比作演员,作者只是他扮演的剧中人物,他只活在舞台上,生命短暂,每晚在表演中诞生,又在表演后死去。而推崇天才,将写作者类比成上帝那样的创造者,完全是19世纪浪漫主义的发明,是人试图篡夺创造者的头衔,僭越"上帝之死"、"众神隐遁"后留下来的空位。

布朗肖一生从未公开谈论过自己的作品,也拒绝接受媒体的拍照和采访。他的影像目前流传出来的只有四张照片——全都未经布朗肖本人授权,三张是年轻时和一生挚友列维纳斯的合影,据信由列维纳斯后人提供;还有一张是1985年报纸记者在远处的偷拍,当时81岁高龄的布朗肖正穿过超市的停车场,手里推着购物车。迄今,他的传记只有一部问世,还是一部思想传记,涉及他个人生活的内容很少。[①] 在他几乎所有的文学创作、批评作品和哲学著作中,我们都很难发现直接与其个人经历和私人生活相联系的部分。即使在唯一一部与布朗肖亲身经历有关

[①] Christophe Bident, *Maurice Blanchot, partenaire invisible*, Seyssel: Éditions Champ Vallon, 1998.

的叙事作品《我死亡的那一刻》里,现实中的布朗肖——第一人称的"我"——在开篇就因叙述声音的间离而被转变成第三人称的"他":"我记得一个年轻人,一个至今仍然年轻的男人,曾经因为死亡和不义的错误而避免了死亡。"①布朗肖一直致力于从自己的文字中抽身而出,用他的话说,"写作者丧失了说'我'的权力"②。

在书写中放弃"我"甚至解构"我"的做法,对布朗肖来说,不仅出于美学上的考虑,更包含哲学与伦理上的考量。确切地说,这个"我"就是笛卡尔"我思故我在"所宣告的那个强大的主体。这个身处现代性中的主体相信理性能照亮一切,知识将为他揭开一切谜底;他相信历史是有目的的,并总在进步;他活在当下,追求成功与效率,推崇行动与力量;他认为一切事物都应该有价值、有意义或者有用,而不符合这一标准的事物就没有存在的理由。那些拒绝进入知识的,拒绝袒露秘密的,拒绝被照亮、被看到的,拒绝被命名、被分门别类的,拒绝证明自己价值的,拒绝被使

---

① Maurice Blanchot, *L'instant de ma mort*, Saint-Clément: Fata Morgana, 1994, p.1.

② Maurice Blanchot, *L'Espace littéraire*, Paris: Gallimard, 1955, p.24.

用的,拒绝跟随历史前进车轮的,拒绝融入整体的,拒绝权力的,拒绝行动、拒绝介入的存在,在这个由理性、秩序、工作和行动打造的白昼的世界里是没有位置的,而没有位置则是有罪的。在这一白昼的疯狂里,布朗肖相信,文学作为黑夜与混沌的守护者,作为一切非存在的同路人,站在白昼的边缘,它"将语言从世界中抽出来,将语言与一切会把它变成一种权力的东西分离开。因为正是由于这些东西,当我说话时实际上不是我在说话,而是世界的历程在说话,是工作、行动和时间在建造白昼的王国"①。

法国知识界的暗物质

直到最近十年,布朗肖才逐渐引起国内知识界的关注,还因为一个问题仍然悬而未决:缺乏参考系,没能澄清他在法国文学史和思想史上的渊源、地位和影响。换句话说,布朗肖究竟有多重要?

很大程度上,许多人最初是通过法国后结构主义大师德里达与福柯知道的布朗肖,自 20 世纪 90 年代起这两位

---

① Maurice Blanchot, *L'Espace littéraire*, Paris: Gallimard, 1955, p.17.

思想家开始在中国享有越来越高的知名度。发现布朗肖,就像是发现宇宙里神秘的暗物质,尽管他非常重要,但因为本身不发光、不可见,只能通过考察他对那些可见者的引力效应来定位。

德里达和福柯从大学时代起就是布朗肖作品的狂热爱好者。德里达在著作中多次解读布朗肖的文学作品,几乎是逐字逐句地分析。在写给布朗肖的悼词中,他称布朗肖是"我们时代最伟大的思想家和作家之一"[1]。和德里达一样,福柯也曾专门著书论述布朗肖的作品,并称语言自身的存在通过布朗肖的作品得到了呈现。[2] 福柯曾和朋友说,对他来说,"作家"一词是个专名,只是指布朗肖,而他自己做梦都想成为布朗肖,写出布朗肖式的作品。[3] 而实际上他们已是受布朗肖影响的第二代知识分子。

1930年布朗肖从斯特拉斯堡大学哲学和德语专业本

---

[1] Jacques Derrida, Un temoin de toujours, http://www.liberation.fr/tribune/2003/02/26/un-temoin-de-toujours_432043,2014.7.22.

[2] Michel Foucault, *La pensée du dehors*, Saint-Clément: Fata Morgana, 1994.

[3] (美)米勒:《福柯的生死爱欲》,高毅译,上海人民出版社,2003,第105、159页。

科毕业,自此他开始了长达将近五十年之久的文字生涯。终其一生,布朗肖从未任职于任何高校或者任何体制性机构。作为一个自由撰稿人,他在报纸、期刊上发表的文章、出版的文学作品,深刻影响了法国二战前后从巴塔耶、列维纳斯、罗兰·巴特,到福柯、德里达、德勒兹,再到吕克-南希和拉库-拉巴特等近三代思想家;而他对纯小说的探索,对叙事文体的革新,极大地启发了未来罗伯-格利耶、杜拉斯等人对新小说派的创立。

自二战后,布朗肖开始奠定他在批评界的地位。他被认为是和萨特并驾齐驱的批评界领军人物,"当我们书写20世纪40至80年代的批评史时,将会发现是布朗肖和萨特一道,通过他们的敏锐和笔耕不辍使法国的话语成为可能"[1]。虽然萨特和布朗肖是同龄人,都是左翼知识分子,都积极参与公共事务和政治运动,但一个鼓吹介入文学,另一个相信文学介入的方式就是不介入;一个推崇行动与力量,说语言就是上了膛的子弹,另一个常说被动性和无

---

[1] Geoffrey Hartman, "Preface", in *The Gaze of Orpheus and Other Literary Essays*, ed. P. Adams Sitney, trans. Lydia Davis, Barrytown: Station Hill Press, 1981, xi.

力的力量,希望文字不再是武器、行动和救赎的手段;一个秉承唯物主义辩证法,另一个接续的是赫拉克利特的悖论思维;一个主张人本主义,一个批判人本主义;一个爱说"我们",一个放弃说"我";一个喜欢在人群、讲台、话筒和摄像机前讲话,声望如日中天,一个习惯退隐在黑夜之中,倾听沉默与他者的声音。

然而自50年代起,随着后结构主义的到来,布朗肖思想的先驱性日益突显。罗兰·巴特提出的"零度书写"、"中性"和著名的"作家之死"明显受布朗肖思想的启发。福柯在文学论著——比如论文《什么是读者?》和专著《死亡与迷宫》——中对死亡与书写之关系的探讨,很大程度上是以相近的问题意识和类似的诗化语言风格在向他的偶像布朗肖致敬。而说到德里达,其后期很重要的弥赛亚思想,即认为弥赛亚永远不在场,不在当下,但一直在到来之中,在一个开放性的未来中,很大程度上是在呼应布朗肖所说的死亡的不可能性。当代解构主义神学家卡普托证实,德里达曾在会议上表示,解构主义极核心的主题"来"(viens),不是他在《圣经》里发现的,而是在布朗肖的作品里。确切地说,来源之一就是这部《死刑判决》。

不可能的书写、爱情与死亡

《死刑判决》初版于1948年,是布朗肖所写的第一部"récit"作品。布朗肖有意从哲学的角度将"récit"这种文体与小说区分开来。粗略地说,他认为小说是对事件的叙述,而"récit"就是事件本身,是对自身的叙述。

生存还是毁灭?死亡是文学的永恒主题,而布朗肖从未停止过对死亡的思考。从《死刑判决》这部作品的标题开始,读者就被置于生与死的纠葛、死亡的可能与不可能之间。

标题的法语原文是"L'arrêt de mort"。可法语"arrêt"一词,既有判决,也有中止、停顿之意。所以原标题同时包含两个相互矛盾的含义,既指死刑判决,也指死亡的中断。中文译名"死刑判决"与英译本标题"Death Sentence"一样,都无法传达原标题包含的这个悖论。①

---

① 译者曾想用"死刑之断"的译名来对应这种既判决又中断的双重含义,但过于拗口和费解,怕弄巧成拙,遂作罢。

整篇叙事采用了第一人称回忆录的框架,内容上划分为前后两个相对独立的部分。在第一部分里,叙述者"我"回忆了1938年与J在一起的最后一段时光。与"我"关系亲密的女性J自十年前就患了不治之症,医生屡次断言她将不久于人世,J强烈的求生欲又屡次打破这些预言——"死刑判决"。"我"给J的双手制作了手模,手相师看后说她不会死。然而1938年二战爆发前夕,J终于被疾病打垮。在她脉搏停止后,"我"匆匆赶到,在病榻旁的一声呼唤,竟使她从死亡中苏醒或者复活——中断死亡。只是,第二天夜里,死亡再次降临。到第三天早晨,在J的要求下,"我"用过量麻醉剂终止了她的生命。写到这里叙述者表示无法继续,于是中断。

在这里,J的安乐死既是一个死刑判决,又是对死亡的中断,是在用死亡中断死亡。正如当她最初无法忍受病痛折磨,要求注射麻醉剂时对医生说的话:"如果你不杀了我,你就是个杀人犯。"

第二部分,在搁笔沉默一周后,"我"开始继续书写J死后发生的事情。但具体多久以后,叙述者并没有交代。

这一部分情节上看起来和前面完全没有联系,J的名字再也没有出现,再次被提到的人物只有治疗J的医生和制作手模的雕塑师。"我"先是认识了旅店隔壁房间的柯莱特(C),她多次想进"我"房间,都被"我"拒绝。后来"我"在地铁里遇到多年前认识的西蒙妮,她打算放弃寡居的生活,"我"也极力劝说她再婚。最重要的是,"我"认识了夜闯"我"房间的娜塔莉(N),并住到了她家。二人在地铁躲避轰炸时,她的母语给了"我"前所未有的自由,正是在这种异国语言里"我"向她求了婚,可人群将我们冲散。"我"四处寻找。深夜,回到旅馆房间,"我"在黑暗中似乎看见了她。(可她究竟是真实的存在,还是"我"意识中的一个念头?这是一个未解决的悬念。)此后,"我"对她如影随形、寸步不离。有一天,娜塔莉在"我"钱包里发现了雕塑师的名片,想要做头和手的模型。"我"大惊失色,极力劝阻,她坦白:她已经悄悄做了。而"我"说,实际上早就知道此事,那东西已经在这里,将永远活着。

虽然叙述的基本情节线索看起来是清晰的,但实际上几乎每个情节片段或场景都存在空白、裂缝和不确定之处。

不可能的书写

　　造成阅读困难的第一个原因是第一人称的有限叙述视角。第一人称叙述严格来说意味着叙述者不仅所知、所感有限，而且他的叙述会有歪曲、遗漏或掩盖，无论他是可靠的还是不可靠的叙述者，出于有意还是无意。传统叙事文学中——比如18到19世纪的很多欧洲小说，用第一人称通常是为了拉近与读者的距离，或者突出读者所见（读）的真实性，而且在叙述的过程中往往都会逐渐过渡到全知视角上去。这种过渡尽管表面上是一种叙述的策略或技巧，实则渗透着现代主体对发现事实真相和实现绝对认知的强大信念。第一人称叙述还要面对一个尴尬的问题：现实中没有谁会以独白的方式滔滔不绝讲那么长的故事。所以在开篇，叙述者需要直接或间接地为自己的讲述找个借口："我"为什么要讲这个故事。狄更斯《老古玩店》的叙述者"我"表示他虽然老了但喜欢散步，借此研究街市上的人生百态，这一动机暗示了他的世事练达和客观可靠。纪德《背德者》的叙述者"我"假设的倾诉对象是朋友，诉说是因为遭遇了人生的难关。加缪《堕落》的叙述者"我"在酒吧主动帮一个不会说荷兰语的陌生人(读者)要酒,借此攀谈。

《死刑判决》里的"我"与传统叙述者不同,他并不向读者假装一个讲述或倾诉的场景,而是非常直接地表示需要诉诸笔端,要书写(书写对于法国后结构主义思想,尤其对德里达来说,是个非常重要的概念,它暗示了声音的不在场,书写者的不在场)。书写的原因是"我"希望书写能终结这一切,终结什么呢?终结不安,还是终结萦绕了他心头九年的那些事,那些曾经发生过、将来却还会发生的事情?可以明确的是,书写不是为了"我",而是为了那些事。因为那些事一直对"我"有一种要求,要求"我"忠实于真相,为真相提供见证,因为"没有我,那证据什么都证明不了"。

另一个与传统叙事不同的地方是,传统叙述者自信满满,他相信语言文字的强大,相信它能真实再现事实真相,而这里的"我"看到的却是语言的诡诈与无力。结果真相不可避免地会隐藏,会变成秘密,不是因为"我"想掩盖,而是因为语言实在有限。所以叙述者表示只能笔耕不辍,用一本本书或者一篇篇小说而非一篇文字来终结这一切。那么今天的书写会成为最后一次书写,成为终结一切书写的书写吗?在第二部分开头,"我"终于意识到恐怕不会有终结,而且越是努力就越不会终结,于是书写变成了一个永无止境的永恒轮回。换句话说,真相不可能完全再现,书写是不可能的。但这一无法终结反而可能是一件幸事,叙述者最后表示"我愿承担起这不幸,并为此感到无边的快乐"。

不可能的爱情

造成阅读困难的第二个原因是,叙述者一直面对着爱情的不可能性。或许可以说,正是对爱情不可能性的揭示使布朗肖成了最后一位浪漫主义作家,也使他超越了浪漫主义。

面对爱情,叙述者挣扎于可能与不可能之间。从 J 到娜塔莉,他和这些女性人物都没有清晰明确地表达过对彼此的感情,似乎一直都在抗拒爱情。当然还有可能是语言根本无力表达。这让我想起了雷马克小说《凯旋门》中的一句对白："语言表达只是一部分，犹如河里的一滴水，树上的一片叶子，爱情所包含的远不是语言所能表达的。"① 或者套用叙述者的话说："奇异之事在我缄口不语之时才真正开始。"这一方面造成了人物心理、人物感情关系的不直接、不明确，但另一方面反而使人物间的感情绵长、深沉，好像冰冻的火焰，极富张力。

所谓爱情的不可能性，不是愤愤地说爱情不存在，也不是在说主体有没有条件、有没有能力爱另一个人，而是说本真的爱是完全无条件的，而且它恰恰在主体的能力之外、语言之外——一个主体所不能的领域。我们都知道纯粹无条件的爱是不可能的，然而正是对这一不可能之爱的信仰一直维系着、引导着爱的可能性——现实中的爱。如果用数学语言来说，爱的可能性是一条曲线，它力图无限接近但永远不会相交的那条渐近线就是爱的不可能性。爱指向另一个人，指向他者，主体很容易将他者置于客体的位置，以爱的名义将他者降低为满足主体爱欲的物，即

---

① （德）雷马克：《凯旋门》，朱雯译，上海译文出版社，1994年，第541页。

使主体退一步说,咱们都做主体,建立平等的、互为主体的关系吧,爱又会变质为对称的交换关系。"坠入爱河"是有道理的,真正的爱开始于一种失控,一种无法抑制的坠落,开始于主体放弃主体地位的那一刻。我们不是靠意志和决定而爱上一个人的。"我决定爱上她,我会努力爱上她,我能够爱上她",实际只会使我们离爱越来越远。不是我能爱,而是我不能不爱。爱情的激情(passion)对主体来说,是一种毁灭性的体验,主体"我思故我在"的自持和自足假象被摧毁,存在者真切感受到了自身存在的不完整性。

在地铁躲避空难的那一幕里,我们可以看到叙述者"我"在失去主体地位时的脆弱与赤裸,以及因此而获得的在面对他者时的自由与本真。

> "的确,我在使用她的母语——另一种语言——时变得不负责了,这语言如此陌生;我结巴着生造出种种表达虽然其含义究竟是什么连我都不知道,可它们却从我这里榨出了我原本永远说不出,永远想不

到,永远不会闭口不谈的东西。"

战争的背景暗示了死亡的迫近,而死亡作为将抹去一切可能性的那个可能性,它撕破了日常生活里生命永恒的假象,把"我"从现在、从意识的束缚中解放出来。于是,"我"感到"微醉",被没有界限意识和"胆大妄为"的爱情所俘虏:"我用这种语言向她做出了最亲切的告白,一种于我非常陌生的做法。我至少两次用她的母语向她求婚。"当主体进入异域语言,他就丧失了空间上的庇护,由固守疆域的定居者变成不断迁移的游民,由领主变成了吟游诗人。他对这种异域语言种种规则、习俗的无知和背叛,反而使这种语言更加忠实于他,也使他变得毫无羞耻的真实:"在她的语言里我娶了她……通过这语言,我带着半清醒状态下的坦率与真实,表达出完全不为我所知的情感。这情感突然就这样不知羞耻地涌现。"

当然我们也同时看到"我"在面对爱情之不可能性时的恐慌,此时激情已经将主体连根拔起,像潮水推动浪花,可意识还在挣扎,拒不承认它面对他者时的失控,它的完全被动。所以"我"谴责自己不负责任、言不由衷、轻率、不知羞耻、欺骗……然而越是否认越说明表白的真实,而恐慌越甚,激情越甚。

超越死亡的永恒之爱

给阅读带来挑战的第三个因素是,文本采用了回环往复的时间结构,而故事中的悬疑效果很大程度上即来源于这一非线性的叙述。这是布朗肖对尼采永恒轮回这一时间观在文学作品中的独特演绎,用他自己的话说,这是一种"永远已经逝去而且永远仍在到来"的时间。

仔细比较全篇前后两部分,除了贯穿始终的死亡与爱情主题,我们还会发现很多相同的动机——借用音乐术语——反复出现,正是它们的存在使得原本相对独立的两个部分关联在一起。这里只列举两个例子。

首先是"夜闯卧室"的场景。第一次是 J 夜闯"我"的房间,原因是她担心"我"当时生命垂危,而当时我们还没有正式认识。在第二部分,即 J 死后,同一场景又发生了四次,但重复之中又有差异。1)"我"不小心走错门,夜闯邻居柯莱特的房间。2)"我"作为不速之客主动夜访西蒙娜。3)娜塔莉在"我"还没有认识她之前,夜闯"我"的房间,既无预兆,也无解释。4)"我"四处找寻娜塔莉,却在自己的房间意外发现她已在黑暗中等待着"我"。

黑夜对布朗肖来说有丰富的哲学意涵。白昼之下的黑暗与光形成了一种同谋关系。借助光与影的游戏,主体目光所及之处,为事物定下外形、轮廓与边界,即每个事物都应该有它开始和结束的地方,万物之间要有界限与区分,因为意识无法把握无限之物。而因为有显现,有隐藏,自然我们就产生了外表与内在、现象与本质的区分,主体就有了伪装与隐藏的可能。白昼下的黑暗对应的就是黑格尔和海德格尔眼中的死亡,作为一种建构性力量的死亡,作为可能性的死亡。

黑夜中的黑暗则是一种更加源始的状态。黑夜无光,一切都被黑暗淹没、浸淫,无从显现,也无从区分,内与外、表象与本质的区别亦不复存在。眼睛无物可视,无从"把握",无从意识,所以没有主体,亦无客体。"我"被黑暗吞没,进入无人称的、无名化的状态。黑暗不再提供庇护,它使"我"完全暴露给黑暗中潜伏的未知之物。"我"面对的是无止境的黑暗与沉默,一切都没有终结,一切都无法确定,连死亡本身都无法终结,而这就是失去了否定的死亡,死亡的另一面垂死(le mourir, dying),也即死亡的不可能性。[1]

这种更源始的黑暗,在古希腊诗人赫西俄德那里就是宇宙形成之前不可描述的混沌之神(Chaos),而和她同样源始的只有她的三个孩子:大地、深渊与爱欲(Eros)。爱欲产生于黑暗的混沌之中,或者用比才歌剧《卡门》中的台词来说:"爱,从来,从来就不知道任何法则。"古希腊喜剧家阿里斯多芬在《鸟》中则提供了爱欲产生的另一个版本,"最初只有混沌、夜晚、黑暗与深渊这四个神……长着黑翼的夜晚在黑暗的无限深之处放下一枚无胚的卵,多年以后,从中迸出长有金色翅膀的爱。而爱在无底的深渊与混沌交媾,才产生人类这一种族。"

所以,或许可以说"夜闯"是我遭遇他者的一种独特方

---

[1] Emmanuel Levinas, *Existence and Existents*, trans. Alphonso Lingis, The Hague: Martinus Nijhoff, 1978, pp.57-61.

式,是爱情诞生前的"致命一跃"[①]:"我"纵身跃入无主体的黑暗之中,把自己毫无保留地托付给混沌,还有他者,试图与他者共同承受那无止境的死亡。如果说J的夜闯是爱情的起源,那么在永失我爱之后,叙述者后来的夜闯就是在试图找回他的爱人,好像诗人俄耳甫斯走下冥府寻找他的爱人欧律狄刻。然而,当叙述者遭遇柯莱特的正襟危坐、她的礼仪规矩,当他遭遇西蒙娜完全理性的思路,她为再婚寻找的各种理由,他意识到她们仍然受困于白昼。直到娜塔莉。与J一样,她的夜闯完全属于黑夜:她是个陌生人,晦暗的入侵者,是保留着完全他异性的他者,而不是主体眼中的另一个自我;她的动机是黑夜式的——没有理由,即便有也"忘记了",因为她并不在乎理由;两次夜闯,一次暴烈,一次缱绻,没有言语,只有身体的接触,手的触摸。"她(J)在午夜走向一个陌生人,把自己毫无保留地托付给他,她的动机是高尚的,举止真实合理。"我"只认识两个人会做出这样的事,而在当时我能确信的只有一个。"

[①] Maurice Blanchot, *La communauté inavouable*, Paris: Éditions de Minuit, 1983, p.74.

另一个人应该指的就是娜塔莉。

全书重复出现的另一个动机就是手模。在当时的欧洲,石膏手模多是在人临死前或者刚死后制作,以作为一种纪念;当然也有人像叙述者那样通过手模算命。然而手模是生与死的矛盾体。因为它无生命,所以会在其主人死后幸存。若主人已逝,栩栩如生的手模将既纪念其主人的生命,也纪念他的死亡。而若主人仍健在,这手模会因为它近于永恒的栩栩如生,时刻提示他将要到来的死亡。

这或许就是叙述者不愿让娜塔莉制作手模的原因。从前发生过的事情将来还会发生吗?一切都没有终结、都循环往复?J第一次死后,因为她在死亡边上对"我"的等待和"我"的召唤而复活,可后来被中断的死亡再次降临,我们用安乐死,一个有决断的死亡,中断了一个无决断的、无止尽的死亡——垂死。当"我"终于在娜塔莉那里重新找到"我"的爱,死亡似乎又将在她身上复活,再次把她带走……

病入膏肓的"我"担心娜塔莉会死,正像当初身患绝症的J担心"我"会死一样,内心最恐惧的还是他者之死。海德格尔认为,这世上最可怕因而最让人焦虑,但又最令人警醒的事件莫过于每个人自己的死亡,他称死亡是属于我的最切己的可能性。布朗肖则反驳说,从根底上给人最大挑战的是我身旁的他者之死,而死亡归根结底是不属于任何人的无名之死。"那即将在死亡中永远远离我的他者,让我陪在他的近旁,让我担起他的死亡,这令我唯一牵挂的死亡。这是使我出离自身、完全失控的经验,这是一种分离,却同时是唯一可以打开我、把我引向共通体的一种分离。"①

在"我"与他者的共通之中,爱又一次赶到了死亡的前面,不是因为爱消除了死亡,而是因为爱越过了死亡划出的界限。永远无法终结的除了死亡,还有书写与爱情。

译者第一次翻译法语作品,还请方家批评指正。感谢南京大学出版社;感谢中国人民大学文学院教师夏可君博

---

① Maurice Blanchot, *La communauté inavouable*, Paris: Éditions de Minuit, 1983, p.21.

士,我从前的老师现在的同事,最初引荐我翻译此书。

最后还要感谢我的妻子刘博,谢谢她对我梦想的支持。

汪 海

2014 年 7 月 29 日于北京

死刑判决

事发于1938年,现在说起,仍令我辗转反侧。我曾屡次尝试诉诸笔端。若是就此笔耕不辍,一定是心怀期望用一本本书终结这一切。若是写出一篇篇小说,这些小说一定诞生于文字面对真相抽身而退之际。我不惧真相,也不怕吐露秘密,只是希望文字不会一直这样苍白无力、诡诈多变。我知道,文字在用它的难以捉摸警告我:更高贵的做法是不去打扰真相,最符合真相本意的态度是让它一直隐藏。但现在,我希望尽快做个了断。结束这一切也很高贵、很重要。

不过,必须得说,我的确成功过一回。1940年7月的最后一周,也或许是8月的第一周,我因慵懒而精神迟滞,正是在这种状态下写出了故事。但在写完重读后，我销毁了手稿，现在甚至想不起它的篇幅。

这故事与别人无关，我将了无牵绊、坦率直陈。实际上，恐怕用十个词就能讲完。这故事的可怕之处就在于此。有十个词要说。九年来，我一直顽固抵抗着这十个词语。不过今天早上，我深信自己将会写出那些原本不该写出的文字；同时，让我吃惊的是，今天刚好是10月8日，很接近多年前一切肇端的那个日期。好像很久以前我就下决心这么做了。

见证事情经过的人不少，但只有一个——最可信的那个——瞥见了真相。事情发生在……大街15号的公寓，我过去经常往那里打电话，起初频繁，之后少些。我甚至一度住在那儿。那姑娘的妹妹在公寓里又逗留了些时日，后来呢？靠绅士们献殷勤讨生活，她喜欢这么说。现在，我想，她死了。

生命的全部意志和力量好像都给了她姐姐。她们家原是有产阶级，后来光景惨淡：1916年父亲被杀[①]；母亲独自料理制革厂，懵懵懂懂地就破了产。此后她再婚，嫁了个养牲口的，某天他们俩放弃各自的产业，在第十五区的某条街盘下一家葡萄酒屋。他们一定是在那里赔掉了所有钱。原则上，两个女儿也拥有制革厂的部分产权。一家人经常因经济问题激烈争吵。准确地说，为大女儿的健康问题，B夫人多年来没少花钱，为此她经常没心没肺地责怪女儿。

对这些事，我一直保存着"鲜活的"见证。不过没有我，这证据什么都证明不了，我希望一生之中没有人能走近它。而我死后，它将只代表一个难解之谜的硬壳。我希望，那些爱我的人在我死后有勇气销毁它，而不试图破解。对此，我会在下文再透露一些细节。不过，如果那些细节没有出现，我恳求爱我的人不要突然扎到我为数不多的秘密中寻找，不要阅读我的书信——如果找到的话，或者翻看我的照片——如果出现的话，尤其不要打开已经关上的

[①] 1916年法国正处于第一次世界大战中（1914—1918），所以作者很可能在这里暗示她们的父亲死于一战。（本书所有注释均为译者注。）

东西;我恳求他们销毁一切,又不知道销毁的是什么,全然无知与自发,出于真情实感。

1940年底,由于我的疏忽,有人隐约预感到这"证据"的存在。那人对事情原委几乎毫不了解,自然无法触及真相。她只是怀疑有什么东西锁在橱柜里(当时我住在旅馆)。她瞅见橱子,作势打开,可就在那一刻突发怪病。她倒在床上,不停地颤抖;整个晚上都在颤抖,一言不发;拂晓时分,开始发出嘶哑的喘息。这样持续了约一小时后,睡意袭来,终于给了她恢复的机会。(那人当时还很年轻,理性胜于感性。甚至连她本人都抱怨自己太过冷静。可就在那一刻,理性抛弃了她。我还要说明的是,虽然她此前从未出现过这样的危象,但还是可以看出这很可能是她两三年前遭遇的一起毒杀未遂事件造成的后遗症。有时在身体严重衰弱后,体内残存的毒素会被再次激发,重新活跃,好像一个梦。)

我书桌里锁着一个小本子,与那段经历有关的重要日期一定都记在里面。其中只有一个日期我确信是准确的,那就是10月13日——星期三,10月13日。不过,这并不重要。那年9月后，我独自一人旅居阿尔卡雄。① 其时正值慕尼黑危机②。我知道她病得很重。9月初，旅行归来途中，我在巴黎下车，见了她的医生。医生判定她的生命只剩三个星期。但她仍然坚持每日下床；高烧不退，长时间颤抖，令她精疲力竭，不过最终她还是战胜了发热。我记得，10月5日或6日，她还和妹妹驱车外出，在香榭丽舍大道上兜风。

她年纪虽然比我大几个月，面容却很显小，疾病也未曾改变她的容颜。她化了妆，但其实不化妆反而显得更年轻，甚至是过于年轻，结果疾病造成的影响只不过是给她增添了些青春期少女的特征。她的眼睛闪烁着一种异乎寻常的专注，比往常更黑、更亮、更大，有时会因发热而突出眼框。在一张拍摄于9月的照片里，她眼睛睁得很大，目光严厉，夺人的眼神令人无法抗拒，对比之下脸上原本

---

① 阿尔卡雄(Arcachon)是法国南部的度假胜地。
② 慕尼黑危机：1938年间纳粹德国向捷克斯洛伐克共和国的苏台德地区及其他德裔地区提出领土要求，并威胁武力吞并。英国和法国欲避免与德国发生迫在眉睫的正面冲突，同时企图以他们的同盟国捷克斯洛伐克为代价，促使希特勒向东进攻苏联，在没有捷克斯洛伐克政府参与的情况下，与希特勒在德国慕尼黑在9月30日签署协定，规定把苏台德区"转让"给德国。

清晰的笑意反而难以觉察。

见过医生后,我告诉她:"他认为你还能活一个月。""好吧,我会告诉我的女王妈妈,她一点都不相信我真的病了。"我不知道她是想活下去还是憧憬着死亡。最后几个月,疾病每天都在缩短她的生命,而这场与疾病的斗争已经持续十年,如今她用尽残存的气力既咒骂疾病也诅咒生命。之前,她曾认真考虑过自杀的可能。有天晚上,我建议她这么做。听完我的提议,她呼吸急促、口不能言,却像健康人一样倚着桌子,写下几行字作为秘密保存。我后来从她那儿拿到了那张字条,并依然保留着。主要内容是嘱咐她的家人丧事从简,特别要求任何人都不得拜访她的墓地;将一小笔遗产留给她的朋友 A,一个著名舞蹈演员的妯娌。

没有只言片语提到我。我理解当我赞同她自杀时她有多么痛苦。我的赞同的确有悖情理,甚至是背信弃义,因为仔细想想,赞同的潜台词是认为她的病永远不会好转。她一直奋力抗争。正常情况下,患了这病她早就死了。可是她非但没有死,还继续生活,爱着,笑着,跑遍全城，好像疾病根本无法触碰她。她的医生告诉我，从1936年起，他就把她视作死人了。事实上，这医生也曾诊治过我，有次他说："两年前你就该死了，现在剩下的生命都是额外的。"当时他说我只剩六个月的生命，而现在七年都过去了。不过当时他有个重要的原因希望我安眠于九泉之下。那些话只是表达了他的期望。但对J，我觉得他说的是真话。

记不清那一幕是如何结束的。好像她想要撕碎字条。然而，就在我把字条还给她的那一刻，一种强烈的同情和钦佩油然而生，钦佩她的勇气，她面对死亡冷漠而无畏的目光。我现在还能看见她坐在桌旁，默默地写着那几句怪异的遗言。囊空如洗、无依无靠的她，留下那渺小的遗嘱、最后的挂念，而其中却没有我的一席之地，这一切深深地触动着我。这就是她，个性强烈又讳莫如深；我知道她誓与我对立到生命最后一刻。她经常放声大哭，但绝不是因为软弱。她发脾气特别暴烈时，曾打过我两三下，我本该制止的，因为她一旦回过神来就会变得惊惧不安：为自己竟然打我，做出如此卑劣的行为；更让她不安的是意识到自己情绪激动时竟会变得如此疯狂，而我又毫不反抗。她觉得这是对她的惩罚和伤害，她被置于危险之中。当然，如果她真的危及我的生命，我自然会躲开。我不能让她因为误杀我而悔恨难过。一两年前，一个姑娘曾向我举起手枪，心里却盼着我夺下武器，徒劳地等待之后，她扣动了扳机。但我并不爱那个女人。不久，她自杀了。

为了这些原因，为了纸片上那几句奇怪的话，我保存着那张字条。后来她打消了自杀的念头。疾病不给她片刻喘息之机。那时，妹妹并不总和她住在一起。或者至少可以说，由于那种生活方式，她经常不在家，晚上才回来，也有可能根本不回来。J有个清洁女佣，用餐时间过来干活，假日休息，所以家里常常只有J一个人。门房很喜欢她，会上楼来探望。虽然她从前经常出门，但朋友不多。甚至她曾乐于见到的A现在也让她心烦。她怕独处，所以按理说任何人来访她都应该高兴才是。她很勇敢，但会害怕。她总害怕黑夜。我们初次相见是在一家旅馆，当时她住二层的小房间，我住三层一间相当宽敞的屋子。不能说那时就结识了她，因为我们只是偶然遇见，打过招呼。但是有天晚上,她忽然惊醒,依稀看见床角站着个人,她觉得是我;过了一会儿,她听见那人关上门,向着大厅渐渐远去。于是,她非常肯定我不是生命垂危,就是已经死去,虽然还不认识,但还是跑上来,隔着门喊我。我想都没想,回答道:"别害怕。"只是语调很奇怪,反而让人担心。她还是很焦虑,觉得我真的死了,就推门,锁着的门竟被打开。我没有生任何病,虽然可能比生病还糟。我醒过来,惊恐万分。我向她发誓,没有去过她房间,甚至没有出过门。她手脚摊开倒在我床上,几乎立刻就睡去。听上去很滑稽,其实不然,她在午夜走向一个陌生人,把自己毫无保留地托付给他,她的动机是高尚的,举止真实合理。我只认识两个人会做出这样的事,而在当时我能确信的只有一个。

恐惧和疾病将她的白昼变成了黑夜。我不知道她在害怕什么:不是死亡,而是更严重的事情。电话在伸手可及之处,她无需拨号就能打给门房。母亲每周探望她一两次,但很少逗留,总会找借口离开。这种行为让她很恼火。她责备母亲,然后责怪自己竟然会气哭,为这么一点小事和一个她不太喜欢的人。她无法理解,为什么母亲明知道她很痛苦,还是不肯为她放弃任何逛街的机会。所以听到医生的诊断她反而很高兴:一想到能向妈妈证明什么她就很欣慰。实际上母亲的确悲伤、哭泣过,但就是不肯多待哪怕一分钟。对J来说,从孤独和恐惧中逃出来的每一分钟都是无法估量的恩赐。所以每一分钟她都用尽气力争取:不是通过计谋或者祈求,而是通过内心,虽然她不想承认这一点。孩子就是这样:他们凭借孤注一掷的毅力,暗暗向世界发号施令,有时世界会顺从他们。疾病使J变成了一个孩子:只是她过盛的精力无法通过小事来消耗,只能是大事、极严重的事情。

在我前往阿尔卡雄时,已经谈妥对J采用新的治疗方案。方案由一个里昂的医师发明,还没有普及,似乎对轻症患者很有效,但对危重病人则基本致命。我拜访J的医生就是为讨论这个疗法。他估计,治疗的死亡率是百分之八十。但如果不接受,三周之内她又必死无疑。不知为什么,我认同这治疗的理念。J也很喜欢。医生虽然有些犹豫,但倾向于采纳这个方案。我后来才意识到,从很多方面来说,这医生都欠缺良好的判断力。他非常认真地研究过帕拉切尔苏斯①,还喜欢鼓捣实验,时而不着边际,时而相当幼稚。一般在与他会面时,如果他想要打发我,就会提议一块儿做两三个实验。他自称是天主教徒,那种身体力行的天主教徒。见面第一天,他就跟我说:"很幸运我有信仰,我信耶稣。您呢?"他办公室墙上有张都灵裹尸布②的照片,在这张令人称奇的照片里,他辨认出两幅相互叠印的头像:一个是基督,另一个是圣维罗妮卡③;的确,在基督像后面,我可以清晰地辨认出一个女性面容的轮廓,极美丽,而且因为脸上古怪的冷傲表情而显得尤其动人。关于这个医生,最后要说的是,他倒并非一无是处,在我看来,他的诊断比一般医生可靠得多。

---

① 帕拉切尔苏斯(Philippus Aureolus Paracelsus, 1493—1541),文艺复兴时期瑞士著名的医师、植物学家、炼金术士、占星术士。

② 都灵裹尸布(Turin Sudario),是一块带有男子图像的亚麻布,男子看上去遭受了生理上的创伤,很像是遭受了钉十字架的刑罚。这块布现保存于意大利都灵圣约翰大教堂。裹尸布上的图像经常被人与耶稣基督像、他的受难以及埋葬相联系。裹尸布以及图像的起源引发了科学家、神学家、历史学家以及其他研究者的激烈争论。天主教会官方既没有承认也没有否认这一裹尸布,不过1958年教皇庇护十二世认可了将该图像与罗马天主教崇敬耶稣圣容的传统相联系的做法。

③ 根据《圣人行迹》(*Acta Sanctorum*)一书,圣维罗妮卡(Sainte Véronique)是耶路撒冷一个虔诚的妇人,在耶稣背负十字架前往各各他的途中,她一直充满同情地跟随他,并把自己的面纱拿给耶稣,让他擦额头的汗。耶稣接受了她的好意,用完后还给了她,结果耶稣的图像奇妙地印在圣维罗妮卡的面纱上。在今日基督教福音书中并没有相关记载。

我刚到阿尔卡雄,就收到 J 的一封长信,笔迹依然坚定、刚劲。她告诉我,医生让她在一份文件上签了字,以防治疗中的意外。这样,新的治疗即将开始,方式是注射,在她家里,每天一次。那天前夜,她突然感到心脏附近有强烈的刺痛,呼吸也变得异常困难,她打电话给母亲,后者通知了医生。这医生像所有著名专家一样很少出诊。但这次他来得却很及时,可能是为确保第二天能开始新的疗法。不知道他诊测的结果——她从来没有和我说过。他宣称一切正常,然后给她开了些无关痛痒的药物。只是,他决定推迟几天再开始新的疗法。

她心脏附近的疼痛没有消失,但病症有所缓解,疾病被她再次打败。新疗法又被提及,她渴望接受新的治疗,可能是因为失去了等待的耐心,也可能是因为身上的能量使她无法再满足于像活着、生存这样不确定的目标,她需要一个坚实的决定,让她结结实实地依靠。接着发生了件蹊跷事儿。我把 J 的一副漂亮的手模,寄给一位年轻的职业手相师兼星相师,我请他确定 J 一生命运的主坐标。J 的手很小,她不喜欢;不过,我觉得她的手纹很特别,交叉影线，互相纠缠，却又没有构成一个清晰的整体。虽然此刻她的手纹就在我眼前，栩栩如生，但我还是不知道如何描述。而且，那手纹有时会变得模糊不清，然后星飞云散，除了一条深深的中心线——我觉得它对应的正是命运线。那条线只在其他所有纹路隐去后才变得清晰起来；她的手掌白皙、光滑，真是象牙般的手掌，不过细线和皱纹使它显得有些苍老；那道斧凿般的深纹穿过其他线条，如果那道纹真的叫做命运线的话，不得不说，它预示的似乎是一个悲剧性的命运。

手相师在回信里对她的手只字未提。我想他是怀疑手模的准确性，虽然手模由一位雕塑师亲自制作——将来我也许还会提到这位雕塑师。不过，他的星相分析非常准确地描述了 J 的病情（我自然事先没有向他透露任何情况），并宣称外科手术后她将基本痊愈。在信的结尾他说：她不会死。他还对 J 的性格和总体命运走向做了些评论，不过这些评论都相当含糊。总的来说，他的分析很平庸，唯一让我们惊讶的是他对病情细节的描述相当准确，尤其提到了新疗法和它的神奇疗效。J 对他的分析嗤之以鼻。

她迷信的程度很低,而且只限于鸡毛蒜皮的小事。夜惊时,她完全不迷信;她直面的是一个巨大的危险,无名无形,全然不能确定,当身边没有旁人,她就独自面对,不找任何借口,不求助任何偶像。有时她会给妹妹读牌算命,而妹妹则遍访算命师,去咖啡馆魅惑有钱人(让酒保给他们再斟杯酒)。

给 J 进行注射治疗(这个治疗总是会引起长时间的昏厥)的第一天,恰临慕尼黑危机,山雨欲来,黑云压城。之前每天早上,酒店经理都会向我通报,又有一个——有时两个——客人离开酒店。他仍然心存侥幸,因为上周入住的一位政界头面人物一直还没走。可惜就在那一天,这位客人也叫车上路了;随后,许多人陆续离开。偌大的酒店已然变成沙漠。如果只为服从工作需要,我也该走的。今天我徒劳地想弄明白,为什么面对来自巴黎各个方面的召唤,当时的我都没有选择回去。想到自己那一刻没在巴黎,我就很不安,然而个中原因又说不清。无论后来事情的发展有多么不可思议,我的执意不回似乎更难以理解,而正是我的不归才引发了后来的一切。我知道 J 想见我,在那一刻她想见的只有我,虽然为了不让我紧张,她信里表达的意思完全相反。那天,我对报社的两通来电都未加理会。我等待的是J或者她妹妹的电话,可是直到第二天也没有收到任何音信。或许就在那时我起了离别之意,不过无法确定事实真是如此。真相已经很难发现。

次日,我收到J的手书,笔迹不同以往,歪歪扭扭异常痛苦的样子,应该是手攥着笔写的。她告诉我,就在约定进行第一次注射前的一小时,医生突然决定离开巴黎,到外省安顿他的孩子,然后在一两天内回来。医生在电话里跟她说,"用沙袋作掩护,躲在后面",愚蠢地暗示了法国当时的消极防御政策。J在短札结尾说道:"不过,很快我就会在九泉之下得到更好的保护。"这封短笺用墨水写就,不过,如我所说,笔迹完全扭曲。我感觉,在她身上,有什么东西正处于崩溃的边缘,她内心深处很黑暗的地方正经历一场激烈的斗争,这正是我担心的。有史以来第一次,我决定电话联系她。正值中午。她一个人。很难听清她在说什么,因为才说一两句,她就开始激烈地咳嗽、喘气。有那么一会儿,我只是静静地听她破碎而窒息的呼吸,然后她挣扎着对我说:"走开。"于是我挂断电话。

第二天的来信是用铅笔写的,比上封长,语气更加平静,或许是过于平静了。我的担心变成现实,前一天的通话令她坐卧不安:想到自己不仅没法进行正常通话,还让我听到她强压不住的咳嗽,又想到自己最后很不理智地屏住呼吸并让我走开,她感到备受煎熬;她一定是在屏息之后晕了过去,因为她惊讶地发现自己倒在地板上,还自以为重新变成了小孩。很明显,那句"走开"差点要了她的命。此后,她基本卧床不起。我又和她通过一两次电话,她语调平和,反复强调,下次见我,一定告诉我些新奇有趣的事儿。在来信中,她又向我保证:"你来时,但愿我能正常说话;正在积蓄所有气力,只为那一刻,有太多重要的事情要向你诉说。"

然而,医生已经回来。慕尼黑危机也已开始。她没法再出门,医生只好来看她。医生说,她勇气过剩,而现在却是需要放弃勇气的时刻。新的治疗方案没再提。临走,他把J的妹妹路易斯喊到楼梯间,告诉她,再让她姐姐这样受罪是不人道的;已经没希望治愈J,所以他不得不开始使用麻醉剂。尽管写信对路易斯来说是桩难事，但她还是特意写信将医生的话转告我；她还说，J对此一无所知，"那个小家伙"——她是这么称呼她姐姐的——见到我一定会很高兴。J在最后一封来信中提到，实际上不久楼梯间的对话就传到她那里，不过带着令人惊讶的满足感她写道："还是让我们看看吗啡的效果吧。"她还说："继续休息。"

医生的决定看起来自然而且合理。我觉得是这样。对J，这场斗争开始呈现出另一种形式，变得更加艰难。这不再是和一个开诚布公接受挑战的对手进行的一场光明正大的战斗。注射吗啡使她平静下来，但吗啡还试图平息她身上无法被平息的，一种暴烈的、反叛性的确信，这确信对抗着不尊重它的力量。她痛恨虚情假意的甜腻做派。但这疾病的甜美却冷不防擒住她，欺骗她，结果不过几次——可能是两三次——注射之后，以往一直生气勃勃基本正常的她，每天照例起床、出门的她，就堕入消沉状态，而消沉又使她变成垂死之人。尽管这是医生原本期待的结果，可他还是被吓坏了。他下令中断注射，甚至很罕见地撤销了他开的处方。原本只有晚上才有护士陪护J，不久就改为全天。虽然J生性急躁,也不太和蔼,但那个年轻护士却愈发依恋J。她被J的美貌所吸引,而J的美丽那时变得格外动人。众所周知,死后的一瞬,曾经美丽的人会再度焕发青春:疾病,几近荒谬的痛苦,永不停歇的挣扎——努力喘口气,又要努力克制喘气,竭力屏住咳嗽的势头(每次发作都几乎令她窒息),所有这些混乱、扭曲的暴力原本会使她变得丑陋可憎,实际都没能损害她美丽、年轻(虽然有些严峻)的容颜,这容颜依然照亮着她的面庞。这实在非同寻常。我觉得这美丽来自眼睛的光芒,尽管她的眼睛已被毒素所伤。不过她的眼睛几乎总是闭着,即使睁开,也只是很短的一瞬,速度快得令人不安,她睁眼打量、查看、监视这个世界,好像充满惊奇。

停用吗啡后,疾病施尽淫威试图重新唤回它。J不想不计代价地为了活着而活着。她觉得既然有别的选择,承受痛苦就是荒唐可笑的。斯多葛主义并不适用她。停止注射吗啡让她大发雷霆。那时我们明白,她的病情可能并没有变得比以前更糟。医生不知所措。起初,他持反对意见,但在J强烈谴责后,他听从了J的强硬要求。当时J是这样对医生说的:"如果你不杀了我,你就是个杀人犯。"后来,我在卡夫卡那里读到相近的说法。是 J 的妹妹向我转述的这句话,路易斯自己不可能想出这样的句子,医生也非常肯定 J 说过这句话(他记得 J 说:"如果你不杀我,你就会杀了我。")。

这回吗啡的效果完全不同。J 依然很平静,或者说更平静了,但这种昏昏沉沉、这种平静只是表面。在被吗啡的虚伪欺骗过一次之后,她好像变得小心了。在沉睡的外表下,在平静的深处,她一直保持着警觉,犀利的目光洞若观火,不给敌人任何偷袭的可能。正是从那一刻起,她的面庞呈现出摄人心魄的惊艳。我觉得,迫使死亡更诚实、更真实她很开心。死亡在她的强迫下变得高贵了。

不知道那些日子究竟是怎么过去的。对谁我都没有多问。开口谈论 J 对我几乎是不可能的。那个鲁莽冒失、经常闹笑话的医生,被眼前发生的一切吓得目瞪口呆,只有他对我口无遮拦地说了许多不该说的话,我就向他打听一切。那个护士也想对我一吐衷肠。(我觉得她的名字好像是当热吕。)后来她很奇怪地对我说:"如果你哪天重病在床,喊我来照顾,我一定会欣然接受。"我知道有时候"小家伙"会和她在晚上促膝长谈,要她描述护理工作中亲见的临终状态,还问她:"你见过死亡吗?""小姐,我见过死人。"

"不,我说的是死亡!"

护士摇摇头。

"好吧,你很快就会见识的。"

她的朋友 A 写信给我。头几句是 J 的口述,从那些话看,她就快痊愈。别担心我,她说,别担心。随后,她突然又心生顾虑;她既没有气力写信,又觉得通过中间人和我通信太奇怪,就嘱咐朋友停笔弃书,甚至忘了此事。不过这一切 A 在信里都向我如实转告,还特别提到 J 不想打破我的宁静,可又一心盼我回来,其他人都愈发令她心烦和痛苦,估计不久之后,我不在场她将无法忍受任何人。我觉得 A 这么说是在通知我:J 将不久于人世。这次我决定返回巴黎,不过动身前又逗留了两天。我用电话或者电报告诉了她。

我在巴黎的正式住址是 O 大街的一家旅店。回想过日期,现在非常确定,入住时间是周一晚上,当时我才从阿尔卡雄回来,相当疲惫。午夜时分,两三点钟的样子,我被电话铃声唤醒。"请您快来,J 不行了。"是路易斯的声音。距离不远,我没有耽搁。令人惊讶的是,她家的门是敞开的。公寓虽不大,但有一个宽敞的前厅,到 J 的房间必须穿过走廊。我在走廊遇到医生,见到我他喜笑颜开,挽着我的手,动作粗鲁,拖我到外面的楼梯平台。"我可怜的伙计。"他不祥地摇摇头。他起初说的话我没听清,直到一句粗俗、刺耳的话骇住我:"对那些不幸的人来说这是一种解脱。"他又向我解释了一遍,内容我现在已记不得,我知道,他是想努力证明他放弃治疗的决定是正确的。他还感叹道:"多么坚强的意志啊!"因为就在不到半小时前,J 亲自打电话强令他过来,J 生命中的最后一次大发雷霆让他大为赞叹。就是这样,她第一时间打电话给医生,而不是我,对医生说话,不是对我。这个粗鄙丑陋的家伙嘴里愚蠢地唠叨着:"我告诉过你的,三个星期,刚刚好三个星期!"我看着他,被他的话激怒,不假思索脱口而出:"这已经是第五周了!"看到他瞠目结舌的反应,我反省了一下自己说的话,突然意识到,在那晚的某一刻,她一定感到自己已被彻底击垮,非常虚弱,活不到第二天早上我来看她的时候,于是她央求医生,帮她撑得稍微长一点,就一分钟。她曾多少次默默而又徒劳地恳求着这一分钟。那个可怜的傻瓜却误以为她那是愤怒的表现,当然他亲自过来已经是对她让步了,但还是太迟:她已是强弩之末,医生更是无力回天,他能提供的唯一帮助就是配合那温柔、宁静的死亡,他说起死亡来熟络得令人厌恶。我的悲痛就是从那一刻开始的。

满屋子都是陌生人。我记得,她的母亲、继父还有一个近亲在那儿,他们我都不认识。那个护士也在,当时我们尚未相识。一群不相干的人围着无言的她,这在从前一定让她难以忍受。真不该让她承受这种尴尬、错位的场面,这令我反胃,使我的悲伤变成了苦涩和厌恶。我站在她的床前,但他们挡住了我的视线。可以肯定的是,我望着她,凝视她,却看不见她。路易斯是我唯一还能说得上话的人,只有她让我想起 J 还活着,也有可能她是第一个和我说话的人。我想知道,J 都顽强反抗了那么多年,毫无松懈，为什么就没能找到力量再坚持那么一小会儿。我幼稚地以为，那只是几分钟，算不上什么。可是对她，那几分钟却多于一生，多于人们所说的生命的永恒，她一生就遗失在那几分钟的时间里。路易斯电话里告诉我的话——"她不行了"——是真实的，是那种稍纵即逝的真相。她即将死去，她就要失去生命，等待在那一刻还未开始；等待在那一刻已经结束；或者说，最后一次等待只持续到通话结束：起初她还有活气，非常清醒，注视着路易斯的一举一动，后来虽然还没咽气，但目光已然涣散。在路易斯说"她不行了"的时候，J 也没有露出丝毫赞同的神情。护士说，电话还未挂断，她的脉搏就如沙子般散开了。

路易斯既没什么头脑，也缺乏同情心。但她通过我的表情一定猜到有什么事情即将发生，也意识到她乃至任何人都无权旁观，于是赶紧带走其他人。我像往常习惯的那样，坐到她床边。她的身体伸展开来，比我想象得要长些；头枕着小靠垫，呈现出卧像雕塑才有的宁静，这是活人身上所没有的。她表情严肃，甚至可以说严峻；双唇紧闭，想必最后一刻紧锁起的牙关直到现在还未松开；眼睑低垂；

秀发乌黑发亮，映衬得皮肤白皙透明，却令我揪心。她曾经那么生机盎然，现在却变成一尊雕像。就在那时，我看了看她的手。所幸，两只手没有扭结到一处，但由于最近一次痉挛，僵硬地紧缩着，斜垂在床单上，手指也有些扭曲，所以手显得特别小。想到她刚才笨拙的挣扎，想到她强大的灵魂一直在孤独中进行的艰苦战斗，她弱小的双手让我一时悲不自胜。我俯身靠近她，大声呼喊她的名字，立刻——我敢说不到一秒钟，一股气流、一声叹息就从她紧闭的双唇吐出来，这叹息渐渐变成微弱的轻声呼唤，我非常肯定，几乎就在同时她动了动胳膊，想要举起来。那一刻，她仍然双眼紧闭，但在一两秒钟后突然睁开，眼中闪现出某种无以言表的可怖之光，那是活人所能承受的最可怕的眼神，相信如果在那一刻我感到战栗和恐惧，那么这一切就都会消失，但我心中满怀柔情，如此强烈，根本没发现事情的奇特之处。好像有种永不衰竭的激情将我拉向她，所以一切发生得都很自然。我把她搂在怀里，她的手臂紧抱着我，那一刻她不仅完全恢复了生命力，而且非常自然、快乐，几近痊愈。

不过,她苏醒后说的第一句话有些令人忐忑。仅看字面意倒没什么;现在写下原话来,已经无法理解为什么让人不安。"你来了有多久?"这就是她脱口而出的第一句话。有可能是我才意识到当时情形的怪异,那种怪异穿过她的言语而来。但我觉得,她的声音本身就有些出人意料;她天生一副惊人的嗓音——很沙哑,些许低沉,因疾病而变得暗淡,然而依旧充满活力。我想,我是被她声音上的变化吓住了:她问我话的一刻,似乎想起什么,或者将要想起什么,好像她同时还为某件与我有关的事情担着心,或许是担心我来得太迟,也或许是担心我看到什么不该看到的东西被吓住。在她的声音里我感觉到这一切。我不知道自己当时是如何回答的。总之,她立刻放松下来,重新变得真实而富有人情味。

也许听起来不合情理,但那一整天我的确没注意到整件事情的蹊跷——J竟然又能和我有说有笑了。原因很简单,当时我对她爱意满怀,其他的都不在乎。我强自镇定,用仅存的一点自持转告其他人J复苏的好消息。我不记得他们听闻后的反应,也许像我一样自然。我依稀记得,他们躲在厨房和另一个房间。路易斯告诉我他们对我颇有微词,觉得我嫌他们碍事。我当然无心怠慢他们。我只是几乎把他们全忘了,仅此而已。记得我后来让路易斯征求他们的同意,给她姐姐涂香油。这些宗教仪式据信至少是不健康的。不过,不论恐惧使他们对我形成了怎样的看法,我都没有理由怨恨他们。我甚至必须承认,在那样非同寻常的情形下,不管是出于无意识,还是出于恐惧或者别的什么原因,这些人都保持了令人钦佩的克制。总之,他们的举止非常得体。

我想不起那天还有什么值得再提的事。J醒来时恰是拂晓,几乎与日出同时,霞光使她格外妩媚。疾病好像一直在自然地遵循它自身的进程,这样来看,在经历了那么多状况,特别是注射了那么多吗啡之后,她的病情比我预想的要好得多。很明显,吗啡根本没有影响她的精神状态,沉溺于麻醉剂的人可能看上去很清醒,甚至深刻,但不会兴高采烈,而她却是喜出望外,而且非常自然。我还记得她毫无恶意地跟妈妈开起玩笑,实在稀罕。现在想想那之前还有之后发生的一切,当时的欢乐真是令人心碎。不过在那时,我只知道她很快乐,我也很快乐。

她一整天都没再犯病,尽管她有说有笑到足够引发二十次病情发作。她已经数日不能进食,现在竟吃得比我多,而最让她苦恼的事情是看到我吃得太少。她有些不安,因为护士见有我陪她就乘机溜回家了。那时我注意到,J和护士是串通一气的,后来有更多迹象表明确实如此。J多次取笑那个医生。我问她是否记得昨晚她曾致电医生,是否知道他来过。"你的意思,昨晚他真的来过!"她大吃一惊,好像有什么骇人的发现,但还是没有提任何问题。我问她,她曾表示我回来后会告诉我件有趣的事,那究竟是什么事。这时,她表现得有些心不在焉,冷冷地说:"没错。你回来后,我会说的。"下午有朋友来访,一个原先住在君士坦丁堡的姑娘,曾和J待过几个月,之后断了联系。这姑娘一定是得知她病危后,出于礼貌才来的。我不知道别人怎么跟她说的,她非认为J生命垂危,还反复说J现在这个阶段传染性最强,谁都不该进她房间。或许这就是别人没打扰我的原因,我不知道。她不愿进来,只把头探进门缝,打声招呼,扮了个鬼脸。J很生气。"她是怎么了?"她问我,"我吓到她了吗?我很丑吗?"那姑娘的行为实在荒唐,因为她也患着同样的病,而且已经病入膏肓。J要来镜子,端详了好一会儿,什么也没说。她还是那么美丽。

黄昏时分,她的身体状况还很好,只是情绪有些变化。我也不安起来,觉察到情况实际上很异常。九月我路过巴黎时,给J买了盏大台灯,她喜欢那个灯罩,白色的。她把台灯放在床脚,正对着眼睛,虽然有些不舒服,但她喜欢那样。后来,到晚上,我注意到她的双眼一直盯着,甚至锁定着灯光,就提出不如把台灯拿开,或者遮住;她伸手制止,紧握我的手腕,非常用力,结果我手腕处的皮肤直到早上还是白的。一俟傍晚,她突然想到我必须走了。她担心我不回酒店休息会太累,可我拒不离开。夜深之后,她的担心逐渐转变成直面某种神秘、可怕之物时的惊愕和疑问。虽然她没有对这可怖之物究根问底,但疑问还是会重新升起,带着愈加强烈的不安。某一刻,她用极具穿透力的目光瞪着我,那眼神现在想起还会令我战栗。她冷冷地说:"你为什么偏偏要在今晚留下来?"很可能对凌晨发生的事件她开始有所意识,渐渐知道得和我一样多,而当时一想到她会发现自己的遭遇我就感到恐惧;我觉得,对天生害怕黑夜的人来说,这经历一旦了解必会使她毛骨悚然。也许我错了,她当时有足够的勇气面对从前一直害怕的东西,因为那晚在她身上我没有看到丝毫恐惧,或者如果说恐惧还和她有什么关系的话,那就是她本人变得令人生畏了。她期待我告诉她的事情,我并没有说,也许我是在铸成大错。我的不坦率使我们像两只对峙的动物,彼此窥伺,但再也看不见对方。

我的理由是,那一刻她对我比一切真相都重要,我宁可牺牲最重要的真相,也不愿让她有丝毫担心。另一个理由是,她好像已经渐渐接近了某个真相,而与之相比我所掌握的真相早已无足轻重。晚上十一点或午夜时分,她开始做噩梦,但仍然醒着,因为我说话,她有应答。她说她看见"一朵美艳无比的玫瑰"在房间里移动。白天时,我送来一些花,非常红艳,只是开得太盛,不知她是否喜欢。她会不时瞥两眼,目光冷淡。晚上花放在走廊,几乎就在她门前,而有段时间门一直开着。正是那时她看见房间有东西在半空移动,并称之为"一朵美艳无比的玫瑰"。我猜,这个梦中意象源于那些花,也许花让她心烦了。于是,我关上门。结果,她真的打起盹来,沉入平静的梦乡,我则一直凝视眼前活生生的她,熟睡的她。然而她突然带着极大的焦虑说,"快点,一朵美艳无比的玫瑰",然后继续睡去,但开始嘶哑地喘气。护士走过来,小声告诉我,J前晚最后说的也是这句话,就在她看上去快要不省人事的那一刻,她忽然醒来,指着氧气瓶喃喃地说,"一朵美艳无比的玫瑰",接着昏了过去。

这故事让我不寒而栗。我想,昨晚发生的一切,也就是我被完全排除在外的那一切,现在将要重新开始。J被某种可怕而诱人的东西吸引,正重返她昨晚的弥留状态,那时对我的漫长等待压垮了她。我相信事实如此。我甚至觉得,当时发生了一件令我绝望的事,我轻轻拿起她的手(她正睡觉),就在触摸到她手腕的一刻,她突然坐起来,瞪大眼睛,怒气冲冲地把我推开,还说:"别再碰我。"但很快她就像今天早晨那样向我伸出双臂,眼泪夺眶而出。她很难过,倚着我泣不成声,几近窒息,之前护士为了不打扰我们已经离开,留下我一人扶着她,没法去取远处的氧气瓶。不过很快护士就赶回来给她输氧,帮她恢复了平静。从那以后 J 再也不让我离开她半步。

她再度入睡。她睡觉有个奇怪的特点:能在一瞬间醒来。似乎在睡眠的表象下她一直醒着,被一些难题所困,而我对这困境的促成或许起了推波助澜的作用。她已经睡熟,脸上挂满泪花。她的青春非但没有受损,反而大放异彩:只有非常年轻、健康的人才会有如此充沛的眼泪;这样的青春活力非常动人,使我完全忘记了她的疾病,她后来的复苏,还有她正在面对的危险。然而,她脸色转变得很快,就在我眼前,眼泪风干,泪迹消失;她又严峻起来,嘴唇微微上抬,突显出正在抽搐的下巴和紧咬的牙齿,她看起来心绪不宁、严酷冷峻;她的手在我掌中挣扎,试图逃脱,我顺势要松开,但她反过来立刻抓住我,动作敏捷好似迅猛的野兽,只是毫无温情。护士走过来和我耳语时,J 突然醒来,冷冷地说:"我和她也有秘密。"然后再次睡去。

护士告诉我的并非无关紧要之事。她说,那天她打电话向医生汇报 J 的病情变化,医生听后叫道:"哎呀,天哪!"这件事护士之前一直不敢告诉我。那天傍晚,J接受过一次注射。到夜里两三点我确信,昨天发生的不幸即将重演。J的确没有再从睡梦中苏醒。那个护士也一定在打盹。夜深人静,我屏息凝神倾听J微弱的呼吸,一想到我曾创造的奇迹就感到绝望和痛苦。那时有个想法在我脑海初次产生,后来再次浮现,最终占据上风。应该是三点左右,当时我仍处于这种状态中,J悄无声息地醒过来,静静望着我。那眼神是非常人性的眼神:我不是说它充满柔情,或者和善,这两者都不是;但也不是冷酷无情,或者浸染了黑夜的力量。那眼神似乎透着对我的深刻理解,所以,虽然带着一丝可怕的忧伤,但我觉得很友好。"好吧,"她说,"你干得真不错。"她又望着我,没有一丝笑意,而她原本应该面露微笑的,真希望她那时与我相视而笑,不过我当时的表情也没有流露出对微笑的期待。而且,她的注视并没有持续很长时间。

虽然她垂下了眼帘,但我现在坚信:从那刻起她一直醒着;她保持警醒是因为危险太大,或是别的缘故;但她有意停留在白昼的边缘,流露出镇定和镇定中的专注,与她此前的紧张大不相同。虽然她心中有事,完全漠视身边发生的一切,但她并没有睡着,因为她记得约半小时之前发生的一件事:当时护士不确定她是否醒着,就俯下身子,问她要不要再打一针,而她好像完全没听见。但是过了一会,她对护士说:"不,今晚不打了。"接着又强调一遍:"不打针了。"现在我有充分的时间回味这句话。然后她微微转向护士,用平静的语气说:"现在,好好看看死亡吧。"她用手指指我,神态非常安详,几近和蔼,但没有笑意。

现在还是让我简单交代事情的经过吧。没想到会说那么多,已经达到我可以吐露的极限。她说完那番关于我的评论后,举止没再出现任何异常,那晚结束得很快。六点左右,她进入深度睡眠,几乎像个健康人。我和护士交代完,返回酒店,待了约一个小时,返回时路易斯跟我说 J 的病情没变。然而我一下就觉察出实际上她的状况变化很大,她开始发出嘶哑的喘息声,并呈现出临终之人的面色。此外,她半张着嘴——她睡觉从不这样,发出痛苦的杂音,让人感觉那嘴好像不是她的,而属于一个陌生人,一个身患绝症的不可救药者,甚至是一个死人。护士同意我的看法,病情已经恶化,即便如此,她还是希望我能允许她去看另一个病人,然后回趟家,下午再回来。她相信医生早上会赶来,J会睡很长时间,而我们除了等待什么忙也帮不上;她还说,J的脉搏很有力,也很稳定。

她喘息的喉音变得很响,很强烈,即使房门紧闭,公寓外的人也能听见。屋里的人来人往似乎与那毫无知觉的身体全然无关,而身体对于自身的临终之痛也完全漠然。路易斯让我很恼火,因为她害怕J发出的声音,她母亲也过来说三道四,气得我不知道自己身在何方,开始痛恨整个世界,不再有任何真实的感受——甚至对已经变成活死人的J。我要么把这些人都赶走了,要么自己出去待了一阵。(楼梯平台上有把扶手椅,我坐在那里,能听见她在昏迷中发出的鼾声。)可以肯定的是,我早上回来时发现,J又醒了而且感觉很糟糕。"你来得很早,"她对我说。她已经不记得实际上我一整夜都在她身边。护士不在让她大为光火。她只好喊路易斯,虽然路易斯总会逗她开心,但J受不了长时间与她相处。极度的焦躁脱缰而出。如果说一开始我有点被她的冷淡所伤,那么受伤的感觉也只是一时的;她的不耐烦、狂躁,还有全然爆发,这背后的原因我都有真切的感受;我也亲眼见证了她如何以过人的敏捷,抢先一步赶到那些企图摧毁她的力量之前。我们都是动作迟缓的动物,而她则必须动若闪电才能留下最后一口气,去躲避那最终的静止。我从未见过她如此生气勃勃、洞若观火。也许她已处于生命的最后一刻,正遭受痛苦、疲惫和死亡的折磨,但她看上去还是那么充满生气,以至于我的信心再次燃起,如果她不想,如果我不想,没有什么能打败她。其他人离开房间后,极端焦躁中的她病情频频发作,幸而没再出现昏迷或垂危的迹象,她原本蜷缩在我掌心里的手,突然恢复气力,紧握住我,饱含眷恋与柔情。她冲我露出自然的微笑,甚至带着一点顽皮。接着,她用很快的语速低声对我说:"快点,给我打一针。"(一整夜她从未提过这个要求。)我在大号注射器里混合了两份吗啡、两份安定,共四剂麻醉药。注射时,她看着我,药液缓缓流入,她却一直很安静,纹丝未动。两三分钟后,她的脉搏逐渐不规则,跳得非常剧烈,突然停下,之后又开始跳动——很沉重,接着又停下,这样反复多次,最终急促、微弱,"像沙子一般散开了"。

我的书写没法再继续下去。可以补充的是,整个过程J一直凝视着我,目光充满同样的柔情和赞许,到今天那目光还在,可惜对这一点我没法确定。至于其他,我不想再说什么。与医生的龃龉已经无关紧要。那个死去的姑娘因我的召唤而复活,我没感觉其中有什么特别之处,倒是在她身上我目睹了一个令人惊叹的奇迹:她的勇气与毅力如此强大,只要她愿意,连死亡也无计可施。还是要强调,我所说的并无非同寻常或者让人惊讶的地方。奇异之事在我缄口不语之时才真正开始,而讲述它已非我所能。

故事还要继续,只是现在我要谨慎一点。不是想掩盖真相。事实真相会告诉你们,任何重要事件都不会遗漏。只是,一切都还没有完全过去。

缄默一周之后,我终于意识到,假如我竭力表达却词不逮意,那么不仅不会有终结,我还会因没有终结而庆幸。甚至现在,我都无法肯定自己一定比口不能言时拥有更多的自由。也许我完全错了。也许这些话不过是个掩饰,在它的背后,曾经发生过的将来不会停止发生。不幸的是,我已等待这么多年,沉默、静止还有升级为惰性的耐心,没有一天不在欺骗我,可是猛然间我不得不睁开双眼,不得不接受一个绝妙念头的诱惑,虽然我曾徒劳地想要制服它。

我的谨慎或许并不成其为谨慎。和我同住过一段时间的某个人,总会想到我的死亡,被这个念头所困。我对她说:"我觉得,你不时地会冒出想杀死我的冲动。别抗拒这种渴望。我要留张字条告诉别人,你杀我实际上是在做好事儿。"只是,一个念头并不真的是个人,即使它像人一样行动、生活。念头要求忠诚,很难耍诡计。念头本身有时虽然虚假,但假象背后我还是能辨认出某种无法被我蒙蔽的真实。

事实上吸引我的正是这念头的正直。当它浮现在脑海,就不再有记忆与恐惧,而疲倦,不祥的预感,对昨天的回想,还有明日的计划,也都统统不复存在。也许这念头已经浮现过千万次。还有什么比它更让我熟悉?然而,我们之间永远失去的又恰恰是熟悉。我望着它。它和我朝夕相伴。它住在我家。有时它张口吃饭;有时——虽然很罕见,它睡我身旁。而我,一个疯子,双手合十,听任它自食其肉。

这些事发生后——虽然其中一些我已交代,但现在还是要说说——有人很快警告（通知）我，正在等待我的是什么。唯一的差别，一个巨大的差别是，我曾与恐怖之物一直保持着亲密关系，并以此为傲，我太浅薄，没有意识到这种亲密很痛苦而且毫无价值，更没想到它会向我索取我不能给予的东西。我唯一擅长的就是沉默。现在想来，这样巨大的沉默简直不可思议，它不是美德，因为那时我根本没想要说话，只是因为沉默从来没有对自己说：小心点，你有些事必须向我解释，那就是为什么我的记忆，我的日常生活，我的工作，我的行动，我所说的话，还有从我指尖流出的文字，所有这一切，不论直接还是间接，都没有对我整个人的真实关切透露过一点信息。此刻，开口说话的我无法理解这一沉默。当我痛苦地回望那些沉默的日子、缄口的岁月，好像面对一个无法进入的、不真实的国度，不向任何人开放——最重要的是不向我开放。可是，我生命的很大一部分就在那里度过，轻松自在、无欲无求，凭着一种令我瞠目的神秘力量。

失去沉默，我的悔恨无以复加。说不清是怎样的不幸侵袭了曾经侃侃而谈的人。这不幸静止不动，一言不发；

就因为它，我呼吸着令人窒息之物。我把自己锁在房间，整栋房子都无旁人，房外亦几无一人，但孤独本身开始张口说话，我则不得不反过来言说这一说话的孤独。不是想要嘲弄它，而是因为有一个更大的孤独盘旋于它之上，而在这更大的孤独之上，还有更大的孤独。每个孤独都相继接话，想要压制那话语，让它沉默，结果反而都在无限重复它，并使无限变成它的回声。

有人曾略带愠怒对我说："在你面前，谁都愿意打开话匣子。"这或许是真的，但我觉得只适用于一小部分人，因为向我一吐衷肠的人非常少。但是，凡向我倾诉的，我都全神贯注仔细聆听，所以他们既不会怨恨我，也不会后悔自责，或许甚至记不得自己说过什么。他们的推心置腹拉近了我与他们的关系，而如果藏着掖着就不会如此。所以沉默的人，在我看来，并不可敬，也谈不上不和蔼。开口的人，或者至少那些为回应我的提问而开口的人，在我看来通常最沉默，或许是因为他们唤醒了我身上的沉默，也或许是因为他们把自己和我有意无意地关在一个封闭空间里，在那里提问者使他们与他们的回答变成了同谋，只是他们的嘴巴听不见自己的回答。

我想说,"失去沉默"绝不是人们以为的意思,而且也并不重要。我心已决,就这样吧。那时我总住在 O 大街的酒店。房间狭促,不太舒服,不过还算合意。一个年轻女人住在隔壁,有天我犯了个错——开口和她说话,当时我们站在各自的阳台,她说我让她很不安,因为我在房间里一直没有什么声响。现在想想那时我的确让她很困扰。尽管如此,我烦扰到她的时候并不多,因为经常外出工作,很少在家,有时甚至晚上也不回来。这女人当时和她的一个朋友正处于断交的边缘,一个歌剧院大街的生意人,他每年都邀请她来巴黎小住两三次,因为她住在外省,不记得是南特还是雷恩。她有家室,有两个孩子,在一家私立女子学校教书。我不知道她怎么能同时承担这么多任务。也许这些都是虚构。我说这些细节,不是因为感兴趣,而是起个话头热热身。我是在有意让自己打起兴趣来。不管怎样,谁能说什么重要,什么就不重要呢?这女人有种奔放和压抑相混合的气质。很明显,她在主动勾引我。有次,我工作得很辛苦,大脑一片空白,晚上回家认错门,走进她的房间。这当然纯属粗心大意,不是事先商量好的。我们都住在五层或者六层,那层的楼道灯刚好有问题。有时候回家,我的确想到过自己很容易认错门,但从没希望它真的发生,我甚至经常不记得谁住在隔壁。刚开始,她对我的贸然闯入还泰然处之。我猜想,那是因为当时她正巧穿着漂亮的睡袍。尽管已近午夜,她仍端坐在扶手椅里,装束体面无懈可击。这种状态一定让她觉得诸事顺意。那天她看起来格外妩媚动人,所以我也觉得自己的错误有什么意味,我没有告诉她我是无意间走进来的。后来她很让我头疼。她总是想要进我房间,而我不愿意。不过,她教会我一些东西,要不是她,我恐怕要到很久以后才会发觉。

那天,发生件事。我记得她伸出手,对我说:"看这道疤。"她手背上有道很宽的横向隆起。不一会儿,我发现她情绪有变,脸上呈现出令人敬畏的冷漠,一副道德感很强的样子,这表情能让最美丽的面孔也变得叫人厌烦,结果她的妩媚大为褪色。我立刻想要告辞。那一刻我不得不告诉她,是我走错了门,不过她理解成我错不该进来,意思还是有些不同的。

我一直在揣摩她,意识到虽然表面上我待人接物上和旁人并无二致,但其中一定有不少得罪人的地方,才会使她时常与我为敌。我估计她的话并不都是假的。我问过她历史、语法和植物学问题,她都对答如流。和我一起她唯一开心的时刻就是背书,她曾连篇累牍地拿拉里夫、福勒瑞和马雷轰炸我。① 听她讲这些很让我放松。这些知识,如此古旧,在我头顶盘旋,用乌鸦嗓子反复对我说:学习有时,无知有时,理解有时,遗忘有时。

这时她脸上的表情非常微妙。可以肯定的是,另一种表情,就是那种出乎我意料、让人想离开的表情,很可能是因我的态度而起——因为我的表现相当愚蠢,即使她没有明确察觉到,但她过去的礼仪规矩时常教导她,就在她注视我时,那些东西又重新回到她脸上。此刻,我瞥见那段古老又晦暗的过去,它一定相当丑陋。只是,不知道我是

---

① 拉里夫(Larive)是奥古斯特·尼古拉·马尔特(Auguste Nicolas Merlette,1827—19?)的化名,福勒瑞(Fleury)是卡西米尔·奥维庸(Casimir Hauvion,1843—?)的化名,他们一道编写过多部法语语法书和法语辞典。马雷(Malet)即阿尔贝·马雷(Albert Malet,1864—1915),历史学家,著有多本历史教材。

什么状况,又做了什么才会使她出现那种防卫的表情。

此刻眼前浮现出这样一幕:我在地铁里,应该是在回家的路上,意外发现,坐在对面的人我认识。她说她已经结婚,或者正要结婚。一两站后,她下了车。那次邂逅让我想起邻居C(柯莱特)。那一刻的感受非常奇特:这个几乎每天都见到的女人,我竟然已经全然忘记,为想起她来,不得不先找出一个十年前邂逅的路人。要不是最近这次相遇,她不仅会从我的视线完全消失,而且她在我记忆中的位置会被一个巨大的空洞取代,非人却有生命的空洞,一个鲜活的裂隙,只有费尽周折她才能从中显现。使这感受更加纠结的地方是,这遗忘似乎并不真的是一种遗忘。那一刻我非常真切地看见了她,如果能早点意识到这点,我发现她的时间还能更早些。比方说,我很好奇:昨天,整个傍晚她都在那里,可我注意到她了吗?

那趟地铁之旅给我留下非常悲伤的回忆。这悲伤和我记性不好无关,而是因为有件极度悲伤的事发生在那节车厢,发生在正午乘车的人群中。严重的不幸近在咫尺,像所有真实的不幸一样悄无声息,无可救药,默默无闻,什么都无法让它现身。我感觉,自己好像行进在一条荒僻大路上的旅人;那条路召唤他,他应声而来,但路想要弄清楚来人是不是那个应来之人,于是回头辨认,结果他们俩撞到一处,跌进深谷。不幸就是那条回头打量行人的路;这不幸越深痛,它就越不为人所知,无声无息。在酒店,我嘱咐门房不要打扰我,还把钥匙还给她,挂回到木板上,以示我不在。五点左右,有人没有敲门就进了我的房间。除了酒店员工和我兄弟,还从未有人敢这样不请自来。

或许我可以解释一下,当不得不见人时,我为什么宁可绕远路外出赴约,也不把会面安排在旅馆的四墙之内。这倒没什么秘密可言。况且最终,好些人总是来我住处,有些还很频繁。我这么做理由很自然:如果人们过来,你会在他们离开很久之后还不得不看见和听见他们,这令人厌倦;你需要把住所变成太平无事的地方,这样你才能得到休息;还要把它变成一个倾空的地方,在那里不该见面的人不会相遇;最后,这样做还是个测试,因为迟早有一天某个一直被你拒之门外的人会跑进来,或者在附近逡巡,到那时你就会发现不让他进门到底是桩罪过还是相反——是一件令人惬意的事。所有理由在我看来都相当充分,不过它们当然也有不好的一面。但是,还有一个理由。

当时我平躺在床上。天色已很晚。似乎还有些微光,窗帘未拉,光线一定是从街上来的。有人突然闯入,站在房间中央。我想这样写她,说她像一尊雕像,因为她面向窗户纹丝不动,的确有种雕像的感觉;不过,她不是石头做的,准确地说,恐惧才是她的本质,不是疯狂的或者巨大的恐惧,而是某种只能用如下文字表达的恐惧:对她来说,发生了无法挽回的事情。我曾见过被树笼逮住的松鼠:它试图用它快乐一生蕴含的所有能量跃过门槛,然而一碰到里面的木板,轻巧的机关就立刻把门关上,虽然它没有受伤,虽然它还是自由的——笼子很大,里面还有一堆果壳——它还是突然停止跳跃,僵在那里,后背发凉,确信笼子已经擒住了它。

奇怪的是,她并没有看我或者房间里的任何东西。我原本会以为,她跑进来就是为寻找从窗户透进来的微光,因为白昼的最后一线余晖令她痴迷,支撑她,又让她动弹不得；但是这点微弱的光线，她眼睛恐怕根本看不到，在莫名冲动驱使下她闯入我的房间，现在剩下的能量刚好够站立在房间里，而不至于消散在空气中。现在想来，我当时相当镇定。关于那时的感受还能说很多，不过此刻那同一个人就站在离窗几步远的书桌前，当我望着她的背影，同样的感受又涌上来；几乎和那天相同的钟点，她走进来，向前移动（只是房间不同）。当我就这样望着她，当今天的她对我已不再是一个意外，我反而感到更强烈的震动、从未有过的眩晕与困惑，我还感觉到一种冷酷的东西，一种奇怪的心脏紧缩感，异常强烈，以至于我都想求她走回去，待在门外，这样我也可以逃出去。但这就是规则，没办法摆脱：念头一旦产生，就必须遵循到底。

当时我只注意到一件事：她身穿黑色套装，却没有戴帽子（这在当时比现在还要罕见）；隐约看见她的头发，似乎比人们通常留得长很多，她正低头，所以看上去好像被什么东西击中，或者正预备承受一击。随后发生的一切能看出她已经远远脱离事物的正常轨道。她转身时撞到桌子，发出响动。她吓了一跳，报之以咯咯地傻笑，然后飞一般仓皇逃走。一片混乱。我被她的大声喊叫激怒。见她冲向空旷处,一种捕猎本能涌上来。我在楼梯间截住她,拦腰抱住,顺着地板往回拖,一直到床边,然后她完全瘫倒在上面。我的愤怒无法控制,这是自易怒的童年以来屈指可数的一次爆发。不知道这样强烈的情绪从何而来,这时候我什么事情都做得出:打断她的胳膊,压碎她的头盖骨,或者把自己的前额撞进墙壁,因为我觉得这狂暴的力量并不针对她。它是一种没有目标的力量,就好像地震的爆发,撼动并颠覆一切存在。我也被这种爆发所震动,变成一场风暴,引得山崩地裂,掀起惊涛骇浪。

灯打开后,她好像不太记得刚才的风暴。"我一定是摔倒了,"她说,一边检查她的长筒袜。她看我气喘吁吁,还冲她怒目而视,感到非常诧异。但慢慢地,我的表情让她回想起什么,无疑不是刚刚发生的一切,而是她的出现,她在街上的脚步,这间她并不熟悉的房间,还有呢?她再一次回到门前。这一幕的有趣之处在于,当初她克服了重重阻碍来到这里,现在却只想着离开,而我则阻拦着不让她走,不顾她和我内心的反对。需要说明的是,她看我的样子就好像看着一个陌生人,她发现自己和暴怒的疯子一块儿,衣冠不整地关在阴暗的旅馆房间,那男人扑过来,不让她动一动。从我的立场说,我的反应也完全出于本能,我自以为认识她,野蛮地把她拖回房间,不是想扣留她,而是想阻止她出去,阻止她失去那种恐怖的感觉,这恐怖是她在这房间里遭遇到的,它试图迫使她屈服或者消失。

虽然事后往往更容易解释那次邂逅的种种状况,但还是当时看着最清晰。N(娜塔莉)的性格使情况变得更复杂。有天我问她:"你那天为什么闯进我房间?"那时,我已经在办公室见过她四五回。她回答说:"我忘了。"我觉得她没撒谎。她虽然做得出乖张之事,但本性极害羞。比如,她在巴黎经常迷路,虽然还没有因为害羞不敢问路,但会因为紧张忘记自己想问什么问题,有时即便她记得问题,也会忘记路人的回答。不得已时,她可以去见陌生人,但如果那人她还有点认识,事情就会变得很困难,而如果她知道对方不喜欢被打扰,那差事对她基本就不可想象了。那天是星期六,不用上班;但她有个小女孩儿,本该在那时陪孩子的;即便她没觉得那么晚去我住的旅馆有什么不妥,但她的视力到晚上会变得很差,非常容易在大街上迷路。

很久之后她对我说,她坚信,那时我根本不知道她是谁,却把她当成老朋友而不是陌生人对待。她很抓狂,好像被迫接受了一个艰巨的任务,需要让这个陌生男人认出她来(他正用双眼望着她,可在那双眼睛里她却看不见自己),对他说:是的,你在如此这般的地方见过我。这对她简直不可思议。但是,我对她一点都不见外,有种粗暴的亲昵,这使她不得不相信我们之间的确发生过什么,只是她没想起来,还有我对她知根知底,即使这意味着她将是某个连她自己都不认识的人。这些是她后来复述的,准确地说,是在我的竭力坚持下。当时她意识到说漏了嘴,所以只说到一半就戛然而止。她觉得我对她说话的语气过于亲昵,说的内容也是她不该听到的,因此我花了九牛二虎之力才说服她把剩下的话说完。在某一刻我曾对她说:"你疯了吗,今天为什么出门?"回到家,她想起这话,渐渐明白个中意味,格外高兴(不过晚上的鲁莽外出对她则好像噩梦一般),但她还是固执地认为自己做了蠢事,而她的无知和轻率则让事情变得更糟。所以她恨不得彻底消失,我也的确没再收到她的任何消息。

印象里那晚还有别的事情发生。娜塔莉离开后,我又想起早上地铁里遇到的说自己快要结婚的姑娘。她在银行工作,我知道她的住址,就在附近的 M 大街。(后来有两次,我都差点阴差阳错住在那里。)于是我动身前往她住的那栋楼,一家政治周刊的办公室也在那里。那栋建筑现在已经陈旧、破败,楼梯却依然蔚为壮观。当时楼梯间里一阵寒风袭过肩头,我又疲惫不堪,开始责怪自己一时冲动。更糟的是,我想不起公寓的确切地址,敲门、按门铃试了好几家都没有应答,便下意识推了推其中一扇。门竟然被推开——有点吓人——屋内黢黑一片(楼道灯刚好熄灭),我一时恐慌,担心进错房门。她家我从前来过几次,没有门厅,只有一室,一个大帘子将它隔成两半,一边白天用,另一边晚上用。现在说说我认识这姑娘的经过。她从前结过婚,有几年丈夫因为肺病在某地疗养,其时我恰在当地小住。就是在那儿,我遇见的她。六年之后,透过一家商店的玻璃橱窗,我又看见她。当一个已经彻底消失的人突然出现在你面前,一块窗玻璃后面,那人就变成一个至高的形象(除非这人让你厌烦)。在那三十秒的时间里,S(西蒙妮)·D给了我极大的快乐,这快乐在某种程度上是过度的、荒唐的,就因为这三十秒,我对她比我原先设想的要友好得多。在我看来,她有许多优点:淳朴,勇敢,从不接受有钱婆家的任何东西,很皮实。这使她成为一个美丽、健康的人——行事诚实到残酷的地步:除此之外,她的举止都很正常。事实是,在那次有幸透过玻璃窗看见她以后,当我与她再次邂逅,我所求的只是想通过她重新感受那"极大的快乐",还有打碎那块玻璃。她从商店出来,刚一认出我就说:"你知道吗?西蒙死了(他俩的名字几乎是相同的),别在我面前提他。"她对西蒙一定非常依恋,此言即是明证。

她很可能已经再婚,而我却在夜里这么晚造访,事先又毫无通知,一定大大出乎她的意料。或许在某一刻我因此改变主意,打算离开,不过现在看那不是事实,因为昏暗、陌生的房间吸引着我;目标就在那儿,黑暗之中。回顾我反常的举动,我意识到个中原因;现在轮到我打开一扇门,以一种无法解释的方式走进一个无人期待我的地方;至少当我望着那片黑暗时,就是这么想的。但是,如果我是想知道,刚才的疯狂会如何再次爆发,一个疯子将怎样扑向我,而我又怎么会变成一个骇人的怪物,那我就打错了主意。帘子背后亮起一点灯光。我立刻认出那个房间。不一会儿,我又再次感觉到楼道里的穿堂风:似乎我径直回了旅馆。

我不确信她是不是仍然寡居,没有再婚,听我这么一说,原本闷闷不乐的S开心起来。这想法的荒唐之处让她的坏心情一扫而光。当我离开时,我想——我必须承认这是一个悲伤的想法——单身男孩儿总能毫不尴尬地在晚上任何时候走进单身姑娘的房间(当然,反之亦然),只要他去的时候别找太多理由。但在我房间,情况非常不同。西蒙妮·D除了已经提到的优点外,还很率直,只是比较矜持。后来我才明白,实际上那天晚上我的突然造访让她很不舒服;很显然在她看来,我这个不该出现的到访者宣告了另一个人的到来,一个原本在那里的人。这就是当我误以为她已经再婚时她高兴起来的原因。这说明我对过去并不介怀。可她仍然心存疑虑,性情又极其直率,于是第二天来餐馆找我,直接对我说:"昨晚你是因为我再婚而跑来指责我的吧。"她是那种很在乎婚姻的人,我徒劳地对她说:"但是婚姻并不重要。"她则坚持认为,通过再婚她能将过去撇到一边,而再多的风流韵事也无法伤其毫毛。她向我详细解释了她不得不再婚的所有理由。如果一个人做事开始寻找"各种理由",只要他还有一丝诚实,那他很快就会变得不知所措,因为理由太多,而实际要的只是一条。听着她的诉说,我才发现她再婚的想法事实上让我很不舒服,当然不是出于我个人的考虑,甚至也不是为了死去的 S(西蒙)——我都已经想不起他了,而是因为我有种不祥的预感:无形的背叛将要得逞,而这令人心碎的背叛行为却无人知晓,它在黑暗中开始,在沉默中结束,隐秘的不幸拿它也无可奈何。

现在,说点别的。我一直说些看来琐碎的小事,避谈公共事件。虽然那些事件在当时很重要,把我忙得团团转,可现在,它们都已朽烂,它们的故事已经死去,曾经属于我的那些时日和那段生活也都死去。正在言说的是当下的一刻,还有将要到来的一刻。昨日世界的影子对躲在里面的避难者来说仍然是惬意的,但它终将被抹去。正在到来的世界已经在一场雪崩中遭遇到对往昔的回忆。

最后,我卖力地劝说她再婚。"好吧,"她说,"就这样吧。但要说清楚,我们不要再见面。"后来她写信问我:"你那晚为什么来访,如果能有个解释,不管是什么,请你(写信)告诉我。"但我没有回复。那时已是仲冬。我生了病。房间非常暖和;床边有根滚烫的大管子连着散热器,这样即便关上散热器,室内温度也不会有太大变化。那热量简直要人命,可我对热量有种难以言喻的需要。晚上,如果温度降到25或23度(白天则会升到30度),我就会焦虑不安。寒冷真切彻骨,它深入血液,冻得我浑身僵硬。后来,和许多人一样,我领教了寒冷的至高力量。然而,哪怕在最艰苦的时候,当温度低于冰点,即使置身寒冰也觉得暖和的时候,我也没有经历过那天23度带给我的寒冷。特别是在夜里,围着我的身体形成了一个"冬天",这冬天令人忐忑不安,因为我熟睡时还能感觉到,它已融入我的睡眠。一次又一次我试图挣脱,醒来时浑身僵硬,唇上披着霜。

我曾为几家杂志社工作,其中一家的主管来探视,我没法委婉地拒他于门外。当时那些我避而不谈的国家大事正让他抓狂。他让人厌烦,我对他无话可说;他觉得我已命在旦夕,就打电话给医生,而后者每个月都宣判我一次死刑,不奇怪医生会这么回答他:"X?我亲爱的先生,我们该给他画个×了。"① 几天后,医生把这话当妙语向我转述。我不想纠缠于健康问题的琐碎细节。简单说,医生把我当普通肺病患者治疗,注射了一种号称是他发明的新药,结果引起我血液病变:没有准确术语描述前,我们可以说,我的血被"原子化了",或者说血液像遭受到辐射一样变动不定。很快,我丧失了四分之三的白血球,病情很吓人。医生把我留在诊所,他觉得我生命垂危。不过挣扎了两天后,我挺了过去,他又赶紧送我回家,家里竟然没人注

---

① 在这里可以翻译为"我们该和他告别了",但却损失了原文的双关甚至多重含义。法语原文"faire une croix dessus",字面义是打个叉、画个十字,引申为划掉、一笔勾销、完全放弃,这也是它作为习语的通常含义。在天主教背景下——历史上法国是天主教大国,用手画十字还具有很重要的宗教意义,神父为临终的信徒行终傅礼时,会在后者前额以圣油画十字,以示接受天主恩宠,减轻其痛苦、赦免在世之罪过。此外,这里显示小说主人公的代名为X,医生说给他画×,即给X画×,或许还有这一层调侃之意。

意到我的消失。

还要补充两句：我答应过医生会保持沉默，总的说来，我没有食言。他声称自己的做法全是事先计划好的，而非一时疏忽，还拉出很多理由。有可能真是如此。不过，他是个虚荣心极强的人，恐怕他宁可说这是他蓄谋的罪行，也不愿承认这是他犯的错误。总之，最终他使我的血液变得神秘莫测，变动不居，分析结果令人震惊。

或许是因为在经历这一遭遇之后我变得非常虚弱，或许是因为人不会总是思考重要的事情，回家后，我没有再回想那两天遭受的痛苦。奇怪的是，我感到很虚弱，"奇怪"一词用在这里恰如其分。奇怪之处在于，我前面提到的玻璃橱窗经验适用于一切事物，但尤其适用于某些有趣的人和物。比如我读一本感兴趣的书，就会产生强烈的愉悦感，但这愉悦隔着一块窗玻璃，我能看见它，欣赏它，却不能使用它。同样，如果我遇见心仪的人，那么所有因她而来的欢乐都在玻璃下面，不可损毁，但也因此距离遥远，处于永恒的过去。相反，当涉及不重要的人和事，生活又重新找回它的日常价值和实在性，所以尽管我想过有距离的生活,却又不得不在卑微的行动与普通人中寻找。这就是为什么我要上班,为什么我看起来越来越有活力的原因。

我回家的第二晚,没有入睡(睡眠和血液已经一同离我远去),听见邻居柯莱特伤心欲绝地哭泣;除了偶尔停顿,眼泪流了差不多两个小时。柯莱特看上去不像多愁善感的人,可她的悲伤并没有引起我的同情;哭声持续了很久,时不时地吵醒我;只是,无休止的悲伤打动不了任何人。不过,第二天我还是跑去看她。一到门口,我就感到情况有些异常,只见一片混乱,衣服扔在地上。唉,我想,这就是不幸,它如此古怪。但房间空荡荡的,我没有认出散落在四处的衣服(即使,老实说后来我一直假想我当时就认出来了)。回到家,我惊讶地想起前一夜的哭泣,如此有力、如此强烈,想到那无人称的悲伤,在墙壁另一侧的悲伤。我想当然地认为这悲伤来自某个人,我的不假思索完全源于冷漠,当时我不为所动,现在却被这悲伤征服:这悲伤传达给我的感觉是痛不欲生,无依无靠,甚至可以说是丧失自我。对这感觉的回忆变成了无法表达的失望,失望躲在眼泪后面却并不哭泣,它没有面孔,不过把借用的面孔当做面具而已。我打电话给门房,问她:"究竟是谁住在我隔壁?"然后我写信给娜塔莉(寄到她办公室):"我想见你。如果你也想的话,那就到皇家大街的某某咖啡馆来,某某时间见。"

前一晚,我逡巡于死亡边缘,所以驱车赴约时,驾驶得相当吃力;娜塔莉一言不发,我则用一种刻薄的、病怏怏的眼神死死盯着她,没在她身上找到一丁点这次会面的理由(虽然她很迷人)。不仅如此,她终于说了一句很令人不快的话:"你不是已经生命垂危了吗?""到我房间来。"我对她说,语带威胁。她顺从地接受了提议,我想那是因为事已至此,覆水难收。虽然已经时过境迁,可当她再次置身于我的房间,那曾经攫住她的恐惧和不安显然又一次俘虏了她,不同的是,她这次不再试图逃离。她笔直站立,我则躺在床上打量她。在相貌上,她显露出斯拉夫血统的印记,面部轮廓有些凝重,眼睛黯淡无光,几乎是被动的,但有时会突然焕发出令人着迷的光辉,不仅是蓝色的,还是宝石样的光芒。前面说过,我当时异常虚弱,所以看她时有种云树遥隔的距离感，虽然她就在眼前，一览无余，可我仍然自问：我真的注意到她了吗？置身于这房间，她自然心情复杂。毕竟，在她看来，冲动之下跑来这里就是犯了一件恶行。可是，她觉得一旦进来就无法理解正在发生什么，所以想弄明白就不得不出去，只是一旦置身于外，情况又有可能大不相同：这是她事后来信中的大意，她虽然讷于言辞，写信时却能畅所欲言。

非常确定的是，她只说过一句话，大胆放肆，着实蹊跷。沉默中，她突然问我："你还认识别的女人吗？""那是当然。"问话听上去含义明确。只是这含义很具有误导性，或者至少是太狭隘，太简单，不能呈现这里涉及的任何事实。我的回答发于自然，其含义实际上与现实生活和世界进程毫无关系。我从未完全坦诚过。我从不认为就因为你碰巧认识许多人，你就该为满足另一些人的好奇心或妒忌心而出卖他们：这些人默默出现，然后默默消失，隐匿是他们理应享有的权利。所以我的坦诚就成了一条新法则，一条以真相为名义发出的警告，这真相没有通常的证据，它走出隐蔽状态，通过我的口骄傲地显现出来。

娜塔莉绝非不谙世事之人,她也接触过不少人。童年她住在海外,住所对面是修道院。那是一个庄严肃穆的建筑,周围树木葱郁、高墙环绕。高墙背后发生的一切吸引着她。有天,从里面传来令人毛骨悚然的哭喊,凄厉、孤寂而又带着哀求,就像从疯人院里传出的哭喊。从此,那座修道院在她眼里就成了疯子的监狱,她也逐渐形成这样的看法:在任何她想进但又不能进的地方,都会有疯狂或者至少是痛苦、不幸的东西窜出来抓住她。所以她总是想赶在欲望的前面,不是因为那些欲望很重要,而是为了防止它们变得很重要。这是她在信中告诉我的,我的复述不是为了描述她的性格。我不了解她的性格,甚至不知道她是不是有性格。

为了证明在事态最严峻的时候开端并不重要,我会根据她的叙述交代她为什么会夜闯我的房间。当时她正打算与某人确立关系。她曾结过婚,后来婚姻破裂,一直过着自由不羁的生活,因此我无法理解她人生新迈出的一步怎么会导向这里,一个我已经逃离的地方。但是,无论如何,当时她都想要做出决断。于是她走进房间,结果遭遇了什么？要我说，是一个她不认识的手舞足蹈的疯子；对她，则是一种恐惧感，她以为自己看了不该看的东西，这种恐惧使她夺门而出，所以我的名字就成了她最想从记忆里抹除的东西。还要补充的是，当我问她："你为什么来？"她的回答是："不记得了。"在我看来，这比故事本身包含的答案准确得多，也重要得多。

有这么一个人，我见都不想见，在生命的某个阶段，我曾固执地与其作对。我决绝地坚持这场斗争，同时也观察它。我清醒地意识到斗争的背后存在自己的种种隐秘动机，我为这些动机负责，我承认当时的感受相当复杂，自己都说不清。这就是我的弱点所在，不在争斗本身，争斗只求个结果，而在于我已经误入歧途的清醒，它让我以为揭露了这场争斗的隐秘动机，结果就会有所不同。比如，机缘巧合我们俩在某个异域城市邂逅——这全凭运气好坏。但是，要是我发现其中有一点盘算的痕迹，我就会立刻着手创造机会让彼此在这城市相遇，虽然这么做会让我觉得不够诚实。那么，是什么遮蔽了我的双眼？我的清醒。什么误导了我？我的率直。现在，每当坟墓向我敞开双臂，一个强大的念头都会在我心中升起，把我带回到生命这一边，是什么使这一切成为可能？是我的死亡发出的冷笑。但要知道，我即将前往之地，既无劳作，也无智慧、欲望与争斗；我将进入之所，无人进入。这就是最后一搏的意义。

听到我回答"那是当然"之后，意外之事发生在娜塔莉身上。她突然像我一样，觉得这间卧室寒冷难耐，虽然暖气一直很足，甚至是过热。她牙齿开始咯咯作响，浑身战栗，一度无法自持。眼见寒冷对她肆意妄为，我惊恐万分，却无能为力；接近她，和她说话，我就僭规越矩了；而触碰她，则会要了她的命。她唯一的选择是独自战斗，并在战斗中逐渐理解，最反对我们的力量在摧毁我们的同时，如何因为更深层正义的潜在作用，反而安慰并提升我们。但那时我似乎在担心着某种恐怖之物：有一刻，那恐惧近在眼前。我想，在她离开之后，时钟的指针又向前移动了。

那晚我时醒时眠，有段时间只是盯着扶手椅看，椅子正对着我，但离床很远。不论光线还是黑暗都不曾烦扰我。我心头有个执念，它完全不受环境影响，我俩互敬互重，只是彼此的敬重并不对等，之间保有一段距离。有时令我惊讶的是这距离的无限，还有执念内在的坚硬；不过，说它坚硬又有失公允：因为那坚硬来自于我，我本身。我甚至有理由这样设想：如果我当时就可以像现在这样，更经常地与之为伴，给它坐在我桌边、躺在我身旁的权力，而不是满足于只与它进行片刻的亲密接触（在那些短暂的接触里，它展示出不可一世的力量，而我的力量则以一种更大的傲慢擒住它），那我们之间不会如此陌生，双方悲伤的程度不会如此不同，亦不会缺乏绝对的坦诚，我对它的意图或许也会有所了解。这执念自己都不曾了解自己的意图，我的疏离使它变得如此冷漠，这冷漠又将这执念压在玻璃板下，沦为顽固梦想的猎物。

那晚，我仍然病得很重，体内毒素发作，阵阵作呕，寒冷雪崩一般压下来，空洞的影像不断坍塌。在痛苦中煎熬了一阵之后，我决定既不迈出房门半步，也不让别人进来，我告诉自己，把门半开着是软弱的表现，而那句"那是当然"纯属多余，绝不会再说。（我还能清晰嗅到 N 的香水味，一夜的光景并未使它消散。）第二天，我在另一家旅馆开了房,不过仍保留着原来的房间。只要条件允许,我就一直以这种方式度日,有时甚至同时住在三四个不同的地方。战争初期,我喜欢在别人家里租个卧室,由此认识了一个教舞蹈的女人。这女人有个十三四岁大的女儿。我的房间挨着小客厅,小姑娘经常从气窗长时间地窥视我。她总是爬到椅子上,表情恍惚地观望。起初,我要是逮她,她还会躲;但很快,她干脆不动。我倒没有因她的小伎俩而生气。看着她的脑袋一直立在那里,孤零零地竖在半空,我反而有种平静感。不过有一天,我从客厅回屋,发现即使我不在,她仍然站在椅子上往里窥探。我打了她一耳光,把她带到她母亲面前:"每次有异性来看我,这小姑娘都会站在椅子上偷看。"那女人听了目瞪口呆。片刻之后,她反驳道:"但是你不应该带女人进来。"准确地说,我并没有"带"女人进来,我只是想让她明白,我不在家时她女儿偷窥我房间是不检点的。

现在仔细想想,娜塔莉在那次意外后身体上出现的变化,我一开始并没有注意,因为很不幸,当时我自己也出现了病变。这个前面说过。无谓的冲动每一刻都在怂恿我,这是我血液耍弄的伎俩,它将热血动物的狂躁都施加在我这个冷血动物身上。而且,我当时忙得焦头烂额。可以说,因为和娜塔莉的关系,我几乎没有和任何人来往,这绝非贬损之辞;相反,这是我对一个人非常认真的评价。但在当时,我主要还是把她看成是魅力四射、和我一样自由的人。那时,她独自带着年幼的女儿住在一个破败的阁楼里。现在看来,那地方还挺大,有数不清的房间,确切地说,那些都不能算是房间,而不过是隔间、走道和犄角旮旯罢了,它们基本上都空着、废弃了。我只被允许进入其中一间,无疑是唯一还住人的地方。然而,我脑海里却总保留着一个圆形大厅的印象,富丽堂皇、精心维护,不过这大厅也许是在另一栋建筑里。娜塔莉有工作,翻译各种语言(至少是德语、英语和俄语)的作品。正是这一点欺骗了我。在我看来,她每天坐办公室,处理打印稿,完成任务,这一切都把她拉回日常生活。而对日常生活,我过去要求的只是它怡然自得,不急功近利,不计较明天,就好像在那一刻,我并没有躺在敞开的墓穴里过夜。但她绝非庸常之人。她比其他所有人都要不起眼①,这就是她的特点。这一"比所有人都要少"实在奇异,这现象令人惊讶而又不安。我却被那么多旁的人吸引,忽略了如此罕见的存在。认真思量时我意识到,虽然我也曾偶尔瞥见她的这个特点,但如果那时能更敏感一些,这一"更少"一定会给我以启发。不忠实是好是坏,我说不好,但从世俗的角度考虑,不忠实的优点是能够保留故事,营造一种感觉,这种感觉在失去所有权利的那一天会突然显现出来。

在那次"意外"之后,我一直想看看她,就去了她住的阁楼。我觉得,随便什么人都比她懂卖弄风情,我是指有意在行动上举棋不定,言语上含混暧昧。见到我,她突然提出,既然她家很宽敞我不如搬来住,说的时候很害羞,但没有别的意图。某种程度上,这提议是她之前那句莽撞问话②的延续。因此,她身体里仿佛有个人在继续行动,抱着不可理喻的动机,玩弄手腕欺骗我。我用委婉而傲慢的辞

---

① 原文是"moins que",字面意是"较少,比……少",即她比其他所有人都要少。"较少"是布朗肖思想中很重要的一个概念,它表现为更加不起眼、非个性化。

② 应该是指之前娜塔莉问"我"的那句话:"你还认识别的女人吗?"

令拒绝了她,因为我已经失去清醒的判断,回答远没有上次认真。① 我对她心存警惕,害怕她威胁到我的自由。尽管我十分清楚她的想法很简单,但我没有参透她简单背后的复杂心理。对我的拒绝她毫无反应,开始呈现出几乎"无人"的状态。和她在一起,一切都似乎变得令人惊艳的简单。后来我在那里再次见到她,一块儿吃了饭,然后开车送她回去。有天,在信息部大楼(她在那里工作)空旷的走廊里,她老远望见我,看见我在等人。只是,她没料到我等的就是她,好像我们从来没做过朋友,不过,要是我用有些亲昵的目光注视别的女人,她就会呈现出比任何人都要"少"的状态,既不尴尬,也不生气或好奇。只是有一次,她的眼皮奇怪地跳起来,后来我对她说:"你的眼睛并不总是喜欢我。"真正令人惊讶的是,面对我挑衅性的指控,她既没打算否认,也没有因为暴露真实情绪而生自己的气,或者因为我的无礼而怨恨我。她好像没法产生将一种感情掩藏在许多感情之后的意愿。她用最简单、直率的方式和我说过两次,只要我在她身边,她就会喜笑颜开。只是,我

---

① 即"那是当然"。

不在的时候呢？无法知道情况究竟怎样。

有好几次，她的表现完全不同，只是现在我已想不起来。遗忘只说明我还能忘记得更多。依稀记得，其中一次发生在很早以前。每次去她那儿，她女儿不是被关起来，就是已经上床睡觉，所以我很少看到。小姑娘很任性，为所欲为，多数时候是娜塔莉的婆家人照看，显然他们的教育方法一定是对她放任不管，哪怕这么做愚蠢得令人汗颜。毫无疑问，小克里斯蒂娜对我是有看法的，因为我是唯一使她遭受禁令的访客，虽然严格说来，也算不上禁令，只不过是要求她远离那个小房间而已。不过，说出来可能让人难以置信，小克里斯蒂娜总是很遵守这条规矩，只在她妈妈非常正式地请她时，她才过来，看来她的教养还没那么糟糕。但有天夜里，可能是因为害怕，她下了床，跑来小房间。见到她我很高兴，娜塔莉却大为光火，结果她竟然用戒指在小姑娘的嘴唇上留下一道小伤口。这个举动非同寻常，虽然基本上我什么问题都可以向她提，可唯独不敢和她谈论这件事。

那件事很久之后，她带克里斯蒂娜去乡间旅行。很难弄明白她对女儿的真实感情。所有人都会认为她很爱女儿:她为女儿做了很多牺牲;她花了很多时间照料女儿;尽管她眼睛很累,痛恨读书,还是会为取悦女儿一本接一本读给她听。不过她反复跟我说:"我宁可比现在老十岁,把省下来的十年加给克里斯蒂娜,那样她就会把注意力转移到别人身上。"蹊跷的是,很长一段时间她一直反对让女儿学音乐,可她自己小时候就跟家庭教师学过。家教是个法国女学生,很快厌倦了学业,和她哥哥谈起恋爱。N透露说自己不喜欢哥哥,但非常喜欢那个女家教。只是,音乐教师总趁上课时间和她哥哥幽会,妒忌让她心烦意乱,结果什么都没学会。为了不让妈妈起疑心,她奉命在休息间歇不停地使劲敲击琴键。神奇的是,尽管如此她还是成了一个优秀的钢琴手,至少对某些曲子而言,因为有不少曲子她既不会演奏也不会去听,比如她对莫扎特就有一种不可理喻的憎恶。而说起克里斯蒂娜,她断言女儿既无乐感,也无嗓子,更没有弹钢琴的手,某种程度上她说的没错,但并不尽然。她似乎因为某个神秘的原因想方设法使女儿远离钢琴。我对她说:"我来教她钢琴。"我来教过几次,然后她就接手了。

她离开的那个早上打电话约我见面,已是相当主动。实话说,我可以去,但愿望不强。所以我的答复很不友好。她则报之以令人畏惧的沉默,我很不安,觉得委屈,于是问道:"你想让我去哪儿见你?""哪儿都不去。"她的语气极其激动,是饱含愤怒的呐喊,假设这话出自一个性情极暴躁的人,你也会觉得很意外。有时,我会想起她说的这句"哪儿都不去"。

最后这件事很不一般。这样的情绪爆发很少见,立刻就会被人忘记。她视力很差,甚至是不正常,白天她看东西很清楚,而到晚上,灯光下她几乎什么都看不见,可能由于这个原因,她的眼睛不得不接受一次小手术。她向我保证那不是什么了不起的手术,而且她的确不必在诊所待很久。我觉得她是不想让人看到自己戴眼罩的样子。在这件事情上,我的过错有更严重的原因。当时我没法将疾病与她的名字相连。现在我意识到个中原因。从那时起,我心里就非常清楚,为什么一想到那张病床,想到那自由的身体——疾病这样性命攸关的大事使它变得既重要也虚无，我内心就会产生妒忌、阴郁的痛苦和怨恨。所以我没去看她。手术很顺利。她曾回家小住，我还是没去探望，这是毫无借口的疏忽，虽然并非没有缘由。就在我们约好见面的当晚，工作上突然要求我去剧院，还无法提前通知她：她的反应优雅和善。幕间休息时，我在剧场撞见她，由一个陌生的年轻男子陪伴。她看起来美艳动人。我亲眼看见她从面前走过，在我身边穿梭，可是咫尺天涯，好像在一块窗玻璃后面。想到这，我一惊。当然我可以和她打个招呼，但我不想，或许实际上是我不能。她在我面前，带着一种特别的自由，好像人的一个念头那般自由；她存在于这世界，然而我能与她在这世界上再次邂逅，只是因为她是我的一个念头；在她与我的念头之间，建立的是何等的默契，何等可怕的同谋。我必须得说，她端详我的神情好像是个认识我，甚至与我十分密切的人，但那是一种藏在眼神背后的认识，无需看，无需示意，只是思想上的认识，亲切，冷淡，又死寂。

那只是一种转瞬即逝的印象吗？对我来说，它撕裂了我的生命，好像从此以后，其他的知不知道已经无所谓。

然而,如果看看我的所为,我的生活方式,一切又都没有变化。和她在一起,我既没有变好,也没有变糟,而无论我在与不在,她都应付自如。不过,还是需要回顾一下所发生的一切。情况越来越糟,思想和生活从此分离开来。如果那时我能试着——实际情况是我没有成功——用更真实的态度面对这冲突,那我就不能说这冲突与当时公众的焦虑没有一点关系,不过这么说也许更准确:我在鲜血与武器的疯狂中寻找躲避那不可躲避之物的希望。

巴黎遭到轰炸时,我们恰好在街上,不得不躲在地铁里避难。当时人们都不太在乎形式。N喜欢一切可以让她不上班的事情。我们俩站在台阶上、拥挤的人群中。那是急切而又笨重的人群,有时好像大地般纹丝不动,有时又像激流一泻千里。我用她的母语和她交流已经有些时日,掌握的词汇有限反而让我觉得这语言非常动人。她却从来不说母语,至少不对我说。不过一旦我说话结结巴巴、生搬硬造,她倾听时就会变得兴致盎然、充满朝气,然后用我的母语——法语回答,但不同于她平日的法语,要更孩子气、更滔滔不绝,好像她跟着我在使用一种未知的语言，说话变得不负责任起来。的确，我在使用她的母语——另一种语言——时变得不负责了，这语言如此陌生。我结巴着生造出种种表达虽然其含义究竟是什么连我自己都不知道，可它们却从我这里榨出了我原本永远说不出，永远想不到，永远不会闭口不谈的东西：它劝说我倾听这些东西，并在我表达这一切时给我微醉的感觉，这感觉意识不到自己的界限，胆大妄为过了头。于是，我用这种语言向她做出了最亲切的告白，一种于我非常陌生的做法。我至少两次用她的母语向她求婚，这说明我有多么言不由衷，特别是实际上我厌恶婚姻（也不太尊重它），可是在她的语言里我娶了她，我不仅轻率地使用这语言，而且更重要的是或多或少发明了它；通过这语言，我带着半清醒状态下的坦率与真实，表达出完全不为我所知的情感。这情感突然就这样不知羞耻地涌现，很可能既欺骗了她，也欺骗了我。

可以肯定的是，这情感并没有骗到她。我的轻佻虽然多少感染了她，但恐怕主要还是让她感觉很不舒服，更不必说使她产生了另一个我没法说出口的想法。甚至到现在，在许多事情都变得明朗之后，我还是很难想象结婚这个词儿可能带给她的感觉。她有过一次婚姻，那次经历留给她的只有离婚时的痛苦记忆。因此，婚姻对她也不是很重要。但是，为什么她唯一一次或者说屈指可数的一次用母语回答我，是在我向她求婚之后：她说了一个奇怪的词汇，我完全不懂，她也从不想翻译。当我说"好吧，我要把它翻译出来"，她猛地一怔，很担心我会猜中它的准确含义，所以我不得不把自己的翻译和预感都咽下不说。

可能在她看来，和我结婚简直令人厌恶、悖理逆天，或者相反，相当幸福，再或者，不过是一个无伤大雅的玩笑。直到今天，我还是不知道该相信哪种解释。算了吧。前面说过，那些话是用另一个人的语言说出来的，与其说是用来欺骗她，倒不如说是为了欺骗我自己。这个问题我对她说得太多，已经不知道自己在说些什么，内心里，我强迫自己尊重那些奇怪的言辞。这些话越是过分——不同于我的常态，在我看来就越真实，因为它们完全新鲜、毫无前例，难以置信的是，我就越想使它们变得连在我眼里都十分可信，在我眼里尤其可信。于是我用尽全力越走越远，在极狭小的地基上建起令人眩晕的金字塔,它不断攀升的高度惊得我目瞪口呆。但是,我可以将它诉诸笔端,它很真实,在如此无与伦比的极致中不可能存在幻觉。当时我的错误主要在于刻意疏远她,还臆想用各种自以为能接近她的方式来实现,现在我明白这错误具有很大的诱惑性。事实上,所有这一切——从那些我不懂的言辞开始,竟使我更频繁地见她,不停地给她打电话,想要说服她,逼着她在我的语言中辨认出非语言的东西。这一切不仅催促我在无限远的地方寻找她,还对形成她心不在焉而又古怪的举止起了推波助澜的作用。过程如此自然,以至于我以为这就足够解释她的这一举止,结果当我越来越被她的举止吸引,就越来越注意不到它反常的本质和可怕的根源。

在地铁避难那天,毫无疑问我走得太远了。我好像被什么狂野的东西,一个极其粗暴的真理驱使,抛弃了异乡语言给我的脆弱支持,开始说起法语,说些从前绝对想象不出的疯言疯语。这些话带着疯狂的力量向她猛扑过去,刚触碰到她的身体,我就能真切地感觉到有什么东西破碎了。人群把她从我身边夺走,席卷而去,与此同时人们汹涌澎湃的情绪把我也冲得老远，还撞击我、挤压我，好像我的罪孽已经化身为人群，奋力将我俩永远分开。

那天下午我再没有收到她的消息（那件意外发生在大约两点）。我一直在工作，不可推卸的工作为我的逃避提供了借口。我告诉自己：极限是今晚八点，如果到那时还是没有任何音信，我的焦虑就无法承受了。这想法只给了我很短暂的安慰。信息部里没有人看到她，不过实际上在部里谁都不会注意谁。八点，我开始到处找她，在空荡荡的走廊，到办公室——装满人的和装满虚空的。我去一家小餐馆找她，为等她不得不在那里用餐。她家电话一直无人应答。不过，我觉得她在，只是不接电话而已，于是径直赶过去。这想法让我重拾信心，坚信一定能在那间小屋找到她；每次去，她都在那儿。但那扇无人应答的门是我最可怕的敌人：如果门开着，我还能忍受这套被遗弃的公寓，还能发现她经过的痕迹，还会有个等她的地方，还会通过我的在场取代她，以我执拗的等待迫使她到来。她邀我来住，我却拒绝了，一想到这我就非常痛苦。我咒骂克里斯蒂娜，要不是她住在乡下，或许还能避免她妈妈走失。那一刻,我自己也迷失了。我的疯狂不再来自我的不安或者我对娜塔莉的担忧,而是来自一种不耐烦,这不耐烦随时间流逝不断增长,它已超脱一切目的,把我变成一个无所寻觅的漫游者。我回到信息部附近。我的想法是,如果还能找到她的话,一定会是在那条河附近:这想法吸引我的唯一原因是它毫无道理,因为娜塔莉反感自杀。我在那儿徘徊良久。那个曾在大桥上度过漫长时光的人,如今我已想不起来。那个夜晚,今天看来,幽深莫测。

某一刻,焦虑完全消失,我又恢复了理智,至少有一种相当冷静、清晰的感觉对我说:时候已到,你必须去做该做的事情。当时我住S大街的旅馆。在另一家旅馆还保留着一间房,店主被征召入伍,那里几乎空无一人,我只在那儿留了几本书,基本没再去过,除非真有必要,晚上我是不会过去的。S大街的旅馆宽敞、舒适,但我不喜欢。不知为什么,我一时兴起,告诉N永远别过来。有天早上,她打电话给我,通话时我的情绪非常恶劣,直到现在我还为自己糟糕的回答迁怒于那个地方。我感到自己没法在那里过夜。奇怪的是,我从来没想过她也许正在那儿等着我,我甚至都没往大厅或者休息室看一眼，来自中欧的外交官们正在里面会谈，喋喋不休地勾画发生各种最严重灾难的可能。邻街有家偏僻晦暗的旅馆，我索要一间房，但已经客满。我穿过万籁俱寂、没有灯光的和平大街。何其宁静的街道，何其平静的内心。我听得见自己的脚步声。O大街并不安静，但很阴郁。电梯已经停运，楼梯里从四层往上有股怪味袭面而来，夹着泥土与石头的冰冷气息，这气息我很熟悉，因为它就是我在那间斗室里的生活。我带着钥匙，为安全起见放在钱包里。你可以想象一下那完全淹没在黑暗中的楼梯，我就是摸索着向上攀爬的。离门只有两步远的时候，我突然发现，钥匙不翼而飞。我一直担心会把它弄丢。白天，我经常在钱包里翻找它，那是一把弹子锁的小钥匙，我了解它的每个细节。丢钥匙一下唤醒了我的所有焦虑，这焦虑又被注定不幸的宿命感强化，那种不幸感非常强烈，它就在我嘴里，味道从此挥之不去。我没再多想。门在我面前。听上去很滑稽，不过当时我好像开始乞求那道门，恳求它，好像还诅咒它，但它就是不应，于是我失去自控使劲用拳头砸，突然间房门洞开。

死刑判决

我不会说当时发生了什么。所发生的,很久以前就已经发生,或者很久以来它就一直如箭在弦,在生命里的每个夜晚我都能感觉到它,但不把它暴露在光天化日之下就是我与这一预感达成秘密协议的标志。我无需再往里走就知道,房间里有人。如果继续向前,某个人就会突然出现在我眼前,紧紧按住我,离我非常近,这是一种人们不了解的近,这一点我也知道。这房里的一切都浸没在最深邃的黑暗中,不过我对这房间非常熟悉,我对它了然于胸,我把它放在身体里,我给它生命,一个不是生命的生命,却比生命更强大,世上没有力量可以征服它。这房间没有呼吸,里面既没有阴影也没有记忆,没有梦也没有深度;我倾听它,没有人说话;我向内张望,没有人住在里面。然而,最强烈的生命就在那里,一个我触摸得到而且也触摸到我的生命,完全与别的生命没有区别,它用身体紧压着我的身体,用嘴在我的嘴上留下标记,它张着双眼——那是世上最有生气、最深邃的眼睛——看着我。但愿那些不能理解这一点的生命到来并死去。因为这个不是生命的生命,却使在它面前退缩的那个生命变成了一个谎言。

我走进去,关上门,在床上坐下。最黑暗的空间在我眼前蔓延开来。我不在这黑暗之中,而在它边缘,我承认这黑暗非常可怕。可怕是因为黑暗中有某种蔑视人类的东西,人类只有在失去自我时才能承受它。但这一自我消失却是必需的,谁要抵抗都会沦陷,谁要执意前行都会变成这黑暗本身——这冰冷、傲慢和死去的东西,无限就寓居其中。这黑暗近在身旁,或许正是因为我的恐惧使然:这恐惧并非我们所了解的那种恐惧,它并不摧毁我,也根本不在意我,但它在房里逡巡,好像有人性的东西。思维被推入恐怖之境的深处后,我们需要有很大耐心,才会等到它慢慢升起来,认出我们,凝视我们。但我还是害怕它的目光。那目光与我们以为的非常不同,它既没有光,也没有任何神情;既没有强度,也没有情绪。那目光缄默不语,但这沉默从奇异之物的深处出发,穿过多个世界,其中听见这沉默的那个世界就会变得与从前大不相同。突然间,有种很确定的感觉——有人就在那儿,正在寻找我。这感觉变得如此强烈,结果面对她时,我抽身后退,狠狠撞到床上,立刻清晰地看到,在三四步远的地方,她的眼睛闪着死寂而空洞的光芒。我不得不用尽全力盯着她,她也瞪着我,眼神很奇怪,好像我实际上是站在我自己身后的某个位置,无限远的地方。这种状态也许持续了很久,虽然我的印象是就在她发现我的一瞬,她突然消失了。无论如何,我在那里纹丝不动地等了很久。我对自己不再有丝毫忧虑,但我非常担心她,害怕惊吓到她,害怕由于担心而把她变成一个野东西,然后破碎在我的手中。我觉得,这种担心很真切,然而周遭的一切又好像过于宁静,以至于可以确信在我前面什么都不存在。也许正是因为这宁静,我向前移动了一点,用最慢的速度前进。我擦过壁炉,然后又停下。我承认,对这孤寂的深夜,我抱有极大的耐心和极高的敬意,所以我几乎没有动,只是向前伸了一下手,但非常小心,免得吓着什么人。我尤其想要靠近那把扶手椅,那把我在意识中看到的椅子,它就在那儿,我触摸到它。最终,我跪下来,以免身形显得太大,手则缓缓穿过黑暗,拂过木质椅背,擦过某种织物。没有比它更耐心、更平静而又亲切的手了,所以当另一只手,一只冰冷的手,在一旁慢慢出现时,我的手没有颤抖;所以当我的手搭在那只最静止、最冰冷的手上时,它会同意,而且也没有颤抖。我没有动,一直跪着,这一切发生在遥远的天边,我的手,搭在那冰冷的身体上,似乎距我本人遥如云汉。我感觉自己与手分离开来,好像被手推入某种毫无希望的东西中,这东西叫做生活。最终,在这冰冷的世界,一切希望似乎都遥不可及;在冰冷的世界,我的手依偎着这身体,爱恋着它,这身体也在石头般坚硬寒冷的深夜,欣然接受了我的手,然后认出它来,爱恋上它。

这样持续了或许几分钟,或许一小时。我拥抱着她,一动不动,她也纹丝未动。但我发现她的身体还是冰冷彻骨,就凑到她耳边,对她说:"来。"我起身,拉着她的手,她也站起来,我看得出她的个头。她与我同行,如我一样一举一动非常顺从。我让她躺下,然后卧在她身旁。我努力想看清她的脸,就稍稍转向她,双手以最温柔的方式捧起她的头,并对她说:"看着我。"她的头确实在我两手间抬起了一点,我立刻再次看见,在距我三四步远的地方,她的眼睛闪烁着死寂而空洞的光芒。我用尽全力凝望她,她似乎也在回望我,但却是我身后无限远的地方。随后,我身体里似乎有什么东西被唤醒,于是俯身对她说:"现在别害怕,我要呼些气给你。"但就在我接近她时,她以最快的速度躲开了,或是把我推开了。

我想说的是,身体的寒冷相当蹊跷:寒冷本身倒没有那么强烈。当我触摸一只手,像我现在正在做的,当我把手放在这手的下面,这只手反而没有我的手冰冷;但就是这手上的那么一点微冷,影响极其深远;它不是一种轻微的表面辐射,它具有穿透性,笼罩一切,你必须跟着它,一道进入无边的深渊,一个空洞而不真实的深处,绝无回头接触外界的可能。这就是那一点寒冷令人痛苦的地方:它很残忍,好像某种啃噬、捕捉、诱惑你的东西,当然它的确擒获了你,但这也是它的秘密所在,极富同情心的人在献身于那一寒冷后,会在其中找到一个真实生命所具有的善意、温柔还有自由。现在已经不可能回头,所以必须要说,一只手、一个身体的寒冷真不算什么,即使用嘴唇接近它,那挂在冰冷的嘴巴上的苦涩,吓不到体尝过更大苦涩和更大寒冷的人。但还有另一重障碍将我俩分隔开来——覆盖在沉默身体上的织物,衣服的存在毋庸置疑,然而它没有包裹任何东西,衣服毫无知觉,带有死尸般的褶皱和金属似的惰性。这是必须战胜的障碍。

早上,我在房里又看到她,她看起来很开心。她看了一眼手和指甲——她一向很注意护理,心情不错,突然对我说:"但是,你瞧,我就像个孩子,吃起自己的手指甲来。"后来,她在脑门的头发下面发现一道小伤口。我深情缱绻地看着她起床,在房间里走动,什么都不想,只是看,完全沉浸在这种快乐中,看她做这样那样的动作,看她活动。我决意把我俩的工作都扔到一边,只为每一分钟都能看到她。

对这个提议,她有点不情愿,不过仅仅是一点。不管怎么说,她很高兴可以不上班。出门时,我心头一紧,忍不住对她说:"我觉得你拿了钥匙。"她以一种再自然不过的方式从钱包里拿出那把小钥匙,关上门后又放回钱包。我为什么会在这一刻质问她?她的行为实在匪夷所思,有意拿了我的钱包,伸进手去取走钥匙,驱使她这么做的动机在这世上找不到任何合理的根据,可反过来说,虽然我责备她唐突,但我质问她不也一样莽撞吗？假设一个你最看重的人,一个你爱她胜过一切的人,非常不巧读到一封你写给别人的信,那么你要做的不是忘记这件事,而是当它没发生。假如你发现了这事,绝对不要去深究,如果你对这事儿有所怀疑,一定要把这件可怕的意外变成不可能,凭着一种对真相和忠诚的绝对信仰,而实际上那件事很快就会自惭形秽,继而烟消云散。

假如我质问 N,她会说:"是呀,我的确拿了钥匙。"如果我问她,你为什么这么做？她会毫不迟疑地给出答案,而且我确信无论何时问她,回答都会一样,但是那答案只会让我俩没法自然地度过往后的日日夜夜。然而,我已别无他求,只愿和她一起,找个咖啡馆坐坐,沉浸在某个电影院的单调中,听她身体里什么东西大笑,那东西意味着轻浮的虚荣;我尤其想让她永远保留娜塔莉这个名字,哪怕以她被咬过的指甲和划破的前额为代价。

我不明白,为什么那些日子不可以过得更开心些。我如此反应,受这样的冲动和这样的情感驱动,以至于除了冲动的真实和情感的力量外,我无暇感受别的东西。N 常常沉默寡言,可当时的我不够敏感,自以为这样的事情我不会注意不到,于是我变得越来越不克制,狂热的激情愈演愈烈,只想和她每日厮守,毫无时间限制,我错把她对我的容忍当成她怀着同样的激情。况且,可以肯定的是她非常依恋我,程度与日俱增,但是,"依恋"这个词可以告诉我们什么呢?"激情"又是什么意思?"痴狂"呢?谁又体验过最强烈的感情?只有我,而且我知道它是所有感情中最冰冷的那个,因为它战胜了一个巨大的失败,甚至现在就在战胜,每一刻乃至永远,以至于对它来说时间已经不复存在。

自然,我必须和她共同生活在她的公寓:我不得不报复那扇门。我走遍那简陋杂乱的房子,走遍她可能出现的每个角落。我没有像影子似的跟着她,因为影子有时还会消失;虽然她每一步都是自由的,想做什么就做什么,但她的自由总要通过我的自由,如果她有哪一刻是独处的,她总会在我这儿发现她独处的时刻还有很多,因为她知道我会没完没了地询问她独自一人的那一刻,每一刻。大家都知道我少言寡语。但有时,某种迫人的力量会驱使我说话,我感觉一定要把生活中最简单的细节转化为许许多多毫无意义的字眼,以至于我的声音正在变成一个绝无仅有的空间,这空间使她存在,迫使她走出沉默,赋予她一种确实性,物理上的实在性,否则这些都不存在。或许这一切看起来很幼稚。无所谓。这幼稚非常强大,足够延续一个已经丢失的幻想,迫使已经消失的东西重新出现在那儿。在我们喋喋不休的闲聊中,似乎存在着一句话的重力,还有对它的模糊记忆,那就是我曾对她说的那句"来";她来过,又离开过,但永远无法再离开。

一周后,有朋友出事,我也被卷了进去,细节不在此处赘述,因为事情本身与我无关。可以透露的是,倘若我不能成功说服朋友的对手,让他理智一点,我朋友将不得不面对一场决斗,虽然实际上我跟这位对手都不熟悉对方。他俩要清算的矛盾涉及二人的隐私。这件事弄得乱七八糟,看起来很荒唐,结果耗费了我将近一整天的时间。我在两人之间往返穿梭,给他们传话,虽然发誓一定照搬原话,但我暗地还是做了手脚。傍晚时分,我赶到女孩家,把一些文件送给她,作为交换她又还给我一些物品。在那样的时代,这些插曲就像这世界做的最后一个鬼脸。但这位老兄觉得此事非同小可,而我是他的朋友。

也许这是个错误——况且,我对这些状况的所有描述与解释,都是为了在可以讲述、可以经历的世界里多逗留一阵——我的错误非常明显,错在按照世俗标准为人处事。我觉得自己有责任保守秘密,所以对这件事我只是跟N含糊其辞地提了两句,尽管这事儿拖得我一整天没着家。我必须得说我的谨慎很不光彩。如此缺乏坦诚只能说明,在把一整天都献给世俗眼中的名誉之后,我还是完全沉浸在别人的生活和判断中,或者说,我背叛了一种更重要的生活与判断。这名誉,甚至那个朋友,乃至他的不幸,对我有什么意义?我的生活和判断才重要,与之相比世俗标准什么都不是。

人不应该相信戏剧化的决定。哪里都不存在戏剧。有那么一瞬,我身上的戏剧变弱了,它有些分神,真实感减少了。最糟糕的是,我意识到在这样的过程中我将为片刻的分神付出怎样荒谬的代价,我知道,如果不立刻恢复被狂放激情支配的状态,我将很可能失去一条生命以及生命的彼岸。这想法清晰地呈现在眼前,我只要克服一点疲惫就好,然而正是疲惫向我低声透露这一想法的,思考的过程中,我变得越来越虚伪,越来越冰冷。

十点左右,娜塔莉告诉我:

"我给 X 打了个电话,①让他为我的头和双手做个模型。"

恐惧感一下攫住了我。"你怎么想起来的?""那张名片。"她拿出一张雕塑师的名片给我看,它原来和钥匙一起在我钱包里。"我觉得,有时你不太会恰当地使用你的钱包。""为什么?"这句"为什么"表明我非常健忘,以至于我的其他情感都因健忘而被焦虑所吞噬。"我恳求你,打消这个念头吧。"她摇摇头,悲伤地说:"我不能。""你不能?为什么?"我期待她的回答,但巨大的忧伤布满她的双眼,那忧伤如此凝固而冰冷,于是我的疑问就悬置在我们中间,我很想坚持下去,当面提出问题,然而我清楚意识到她不会再接受。我应该做的是真正走出自己,用我的生命赋

---

① 这里出现了全文第二个代名为 X 的人物,即下面所说的雕塑师,而第一个代名为 X 的是叙述者"我"。

予这些文字以生命。但是我很弱小,何等的弱小,何等可悲的无力。面对她的沉默,我回过神来,或许我和她说过X,或许给她描述过制作模型的过程:在活人身上进行那工序,感觉非常奇怪,有时还会有危险,令人惊骇,这样一个过程……猛然间,我怒火中烧。"如果你再不回答我,"我喊道,"我就永远不和你说话了。"威胁似乎在她面前止步。她凝重地望着我,目光和蔼,带着一种奇怪的静止性。但,我想她一定是在注视我:总的来说,她宁可在我不注意时偷偷凝视我。

我极尽温柔地问她:

"你在听我说话吗?"

"在啊。"

"你会放弃那个计划吗?"

她看着我,眼神让我觉得她几乎是同意了。

"快说是,"我握起她的手,怂恿她。"不然,我就把你关在房子里。"

"在哪儿?"

"就这里,这房子里。"

她听着,过了一会儿问道:"和你一块儿吗?"我点点头。我仍然握着她的手,那只充满生气的手给了我希望。她终于主动问道:

"你刚才用的哪个词儿?"

我仔细打量她的面庞。我的上帝,快让我想起那个词儿,我不禁愚蠢地自语。

"什么词儿?"我问她,带着充满期许的微笑。

我感觉到两件事:她根本没有笑意,她还没有放弃那个念头。

"就在刚才,"她喃喃地说,显然意识还停留在我说出那个词儿的一刻。

"好吧。"我开始回想。当想到"房子"这个词儿时,我马上顿住了:是的,恐怕就是这个词儿。她一定是从我脸上读出了不安,因为她接着紧握起我的手,充满鼓励。这鼓励很有说服力,也很智慧,驱走了我的冷血。我们两相凝望:好像我还拥有希望,希望是多么不讲信义而又危险恶毒的东西!渐渐地她的目光重新温和起来。她视力不好,我经常和她谈眼睛问题,她的双眼有时茫然空洞,有时又好像被火焰点燃，而那火焰能被人看见的只有它令人不安的倒影。"你的眼睛疼吗？"出乎我的意料，这问题似乎让她很不安。她起身，双手穿过头发，这是她情绪激动时的惯常反应。她几乎依偎着我站立，于是我作势要拉她的手臂，可她完全无视我的存在，就这样我被突然间拒于千里之外。不过我还是让她坐下。慢慢地，我把手放在她手上，这接触好像一个苦涩的记忆，一个念头，一个冷酷无情的真相，与之对抗就过于斤斤计较了。某一刻，我看见她双唇轻启，感觉在说些什么，不过，我不再试图去理解她所说的话：我只是凝视它们。偶然间，我听见"计划"这个词儿。

"就是这个词。"她说。

于是我想起她一直在寻找的是什么，不过必须要说明的是，虽然又恢复了清醒和专注，可我已经失去所有兴趣；这涉及另一个世界，无论如何，一切已经太迟。然而，我的冷漠反而把她带回白昼，现在掌握主动的是她，或许是因为她已经迈过心里的那道坎。

"不再是计划了。"她怯生生地说。

我听得很清楚,她说话的语气像是闯祸的孩子。我没有反应,所以她想知道我是不是没听懂,而如果没有,她又该如何用尽量轻松的字眼儿解释这一切。她摊开双手,姿势我依然记得,完全无辜的样子;接着,她用微弱的声音问:

"我是不是不该做?"

受恶意驱使,我耸了耸肩,直到今天当一切都已逝去,这恶意仍在,不过也可能是因为我又开始感觉到痛苦了。她的形容举止如此充满人性,而她依然近在我眼前,等待我对那件可怕之事的某种宽恕,虽然这完全不是她的错。

"或许必须如此。"我呢喃道。

她听见了这句转瞬即逝的话。

"必须如此,是不是?"

就好像我的认可在她身上激起了回响,而一个无形的责任早就抱着巨大的希冀等待我的认可,她只是在替这责任说话。好像现在有一种骄傲的力量,自信且快乐,不是因为我的认可——它根本无需我的认可,而是因为它战胜了生命,因为我既准确地理解它,又毫无保留地信任它。

这力量一定已经控制了这年轻的生命,赋予他洞察力和掌控力,继而决定了我的想法和言语。

"那么,"她用嘶哑的声音说道,"是不是你一直都知道这件事?"

"是,"我说,"我早就知道。"

"你也知道是什么时候发生的?"

"我恐怕猜到了。"

尽管我语调和气、恭顺,但似乎并没有满足她的好胜心。

"不过,恐怕你还不知道所有事情。"带着挑衅的语气,她嚷道。确实,在她的欣喜若狂中,有一种清醒,有一种在眼底燃烧的火焰,还有一种荣耀感,那荣耀感透过我的忧伤触摸到我,带着同样的骄傲与获胜的疯狂。

"好吧,还有什么?"我说道,也站起身来。

"我就说嘛,"她嚷道,"你就是不知道,就是!"

"那件事发生在一周之前?"

她带着惊人的贪婪,倾听我嘴里吐出来的话。

"然后呢?"她喊道。

"今天你去X家去取……那东西?"

"再然后呢?"

"现在东西就在那儿,你已经揭开,已经看过,已经直面那永生之物,它将永远活着,在你的往生,我的往生!是的,我知道,我知道,我一直就知道。"

我说不好这些话或者类似的话她有没有真的听进去,也说不清是怎样的情绪驱使我对她不吐不快:这并不重要,同样,一切是否真的这样发生,也不重要。我只能说,除了日期,于我而言事情经过就是如此,因为这一切也有可能发生于更早以前。不过,真相并不在这些事实中。这些事实,我可能真的想过要抹除它们。但是,如果这些事没有发生,别的事也会发生,取而代之,这全能的断言已与我相连,在它的召唤下,事情还会往同样的方向发展,故事还是一样。有可能,我们一直生活在表象之中,而N在跟我谈论"计划"的过程里,想做的只是用妒忌的手撕碎这些表象。很可能,她受够了我自以为是地扮演精于世故的角色,用这个故事提醒我的真实处境,指出我的位置所在。也有可能,她一直在遵循神秘的命令,我的命令,它是我身体里一个永远充满感激的声音,一个妒忌的声音,而这声音则发自一个无法消失的感觉。谁能说,发生了这件事是因为世事使然?是因为在某一刻,事实反而变得很具有欺骗性,并通过奇怪的编排,允许真相俘获它们自己?至于我,我一直没有受控于某个比我强大的念头,变成它不幸的传声筒,变成它的玩物或者受害者,因为如果说那个念头已经征服我,那它也只是通过我而征服,最终还是与我平等。我已经爱上这念头,我爱的只有它,所发生的一切都是我所期望的,我关注的只有它;无论它在哪里,无论我可能在哪里,在缺席中,不幸中,死之徒的宿命中,生之徒的必然中,工作的疲惫中,因好奇而产生的表情中,在我的欺人之谈里,我骗人的山盟海誓里,沉默里,深夜里,我把自己的所有力量都给了它,它也把所有力量都给了我。最终这异常强大的力量,这不可能被任何事物摧毁的力量,将使我们遭受或许是无边的不幸,但若果真如此,我愿承担起这不幸,并为此感到无边的快乐。我会永无休止地对那个念头说,"来",而它永远都在那里。